死んだ王妃は二度目の人生を楽しみます
～お飾りの王妃は必要ないのでしょう？～

CHARACTERS
登場人物紹介
シルウィオ
アイゼン帝国の皇帝。
なにもかもつまらないと思っていたが、
カーティアに出会って変わっていく。
カーティア
冷遇の末、病で命を落とした
グラナート王国の王妃。
三年前の世界で目覚め、
孤独な死を避けるために国を出た。
毎日を楽しく過ごすことに前向き。

グレイン
シルウィオの護衛騎士。
うっかりしているところもあるが、
実力は帝国一。
シュルク
アイゼン帝国に並ぶ
大国カルセインの王子。
政治能力の高いカーティアを
妻に迎えようとしていた。
アドルフ
グラナートの国王で、カーティアの夫。
カーティアとは幼い頃から一緒で、
かつては確かに愛し合っていた。
今はヒルダにぞっこん。
ヒルダ
アドルフの側妃。
自分に愛を奪われても健気に
アドルフに尽くす
カーティアを馬鹿にしている。

プロローグ

「はぁ……はぁ……」

暗い部屋に一人きり。

もう何日も陽の光を浴びていない寝具で横になり、荒い呼吸を繰り返す。

日々弱っていく身体を労わる者はいない。額に置かれた手ぬぐいは既に乾き切っていた。

「は……はは」

思わず、笑いがこぼれる。

こんな扱いを受けている私が……この国の王妃なのだから笑わずにはいられない。

夫であり、この国の王でもあるアドルフ・グラナートは私を愛していない。

挙式後に側妃として娶《めと》ったヒルダにご執心だ。

かつては愛し合っていたはずの私とアドルフだったけれど、ヒルダが来てからは顔を合わせることすらなくなった。

国王の愛を失った正妃。それが、貴族たちが私に下す評価だ。

私だって、黙ってこの状況を受け入れた訳ではない。

少しでもアドルフの視界に入りたくて、彼から丸投げされた政務や外交に勤しんだ。

頑張っていれば、いつか彼が振り向いてくれると信じていた。

しかし……その努力は無駄だった。

「だ……れか。く、薬……を」

呟き込み、かすれた声で呟いても、外にいる侍女はクスクスと笑うだけ。

「ふふ、薬だってさ。行ってあげなさいよ」

「嫌よ。だって、アドルフ陛下から言われたもの……看病は必要ないって。死んでくれた方がいいみたい」

嘘だ――そう思いたくても、アドルフから愛されていないことなんて、私自身が誰よりも知っている。

彼のために人生を捧げたのに、その結果がこれだ。

彼を含め、このグラナート王国の皆が孤独な王妃を嘲笑《あざわら》う。

「……なんだったのよ、私の人生って」

胸に締め付けるような痛みが走り、涙が流れた。

身体から力が抜けて、目の前が真っ暗になっていく。心も、視界も、絶望で塗り潰された。

あぁ……今になってようやくわかった。私の二十五年の人生は、最悪だった。

悲惨な運命を嘆きながら、私の命の灯は消えていった。

第一章　それでは、さようなら

目を開くと……見慣れた天井が視界に入った。

私――カーティアは寝台から起き上がりつつ、鏡を見つめる。

波打つ金色の髪に、闇夜のような黒の瞳……顔に何度も触れて確認する。

間違いない、私だ。

刺すような胸の痛みも咳もなく、火が出そうな程高かった体温も正常だ。

なに……夢でも見ているの？

湧き上がる疑問に首を傾げていると、扉が乱雑に開かれた。声かけもなく入ってきた仏頂面の侍女が水の入った桶と薄汚い布を置く。

「どうぞ！　朝の支度用です！」

「……」

いつも通りの侍女の様子に、言葉が出ない。

いったいなにが起こっているのか。

なにもわからないながらに、身体は習慣だった行為を自然となぞる。

凍てつくような水の冷たさに手をかじかませながら、濡らした布で顔を拭く。

食卓に向かうと、私の拳よりも小さなパンが置かれていた。

広い食卓に一人で座り、固く味もしないパンを食す。

「ドレスにお着替えください」

どうやら今日は、私の二十二歳の誕生会らしい。

正装でないと駄目だ、と侍女がドレスを運んできた。

着つけを手伝ってくれるが、コルセットの紐を意図的にきつく締め付けられる。

痛い……ということは、やはり夢ではない。

「ふん……冷遇されている王妃の侍女なんて最悪だわ」

「本当、私たちまで笑われているわよ」

部屋の外から、あえて聞かせるように侍女たちが話す。着つけをしている侍女が諫《いさ》めることもない。

ドレスで着飾った後、髪は自分で結い上げた。

しかし……二十二歳の誕生会って、どういうこと？　なにが起こっているの？


夕刻、私の誕生会には多くの貴族たちが集まっていた。

しかし、主役である私の傍らには誰もいない。

一人で壁際に立ち、遠巻きな嘲笑《ちょうしょう》の視線にただ射貫かれている。

「ふふ、今日もアドルフ陛下はいらっしゃいませんね」

「当然よ。カーティア妃は愛されていませんもの」

「恥ずかしい、私なら生きていられませんわ。側妃に愛を奪われるなんて、みっともないもの」

周囲を見渡し、私はふぅーと息を吐く。

少しずつだけど、今の状況がわかってきた。


祝われてはいない誕生会を終えて自室へ戻ると、机の上には大量の書類が置かれていた。

やはりいつも通りの光景だ。アドルフの政務が私に回されただけ。

その書類仕事を、いつもは寝ずにこなすのだけど……

考えを整理するため、今日はなにも手を付けずに寝た。

翌朝、昨日と変わらぬ身支度を終える。今日は正装の必要はないから、一人で簡素なドレスを着た。

昨夜の政務をしなければならないという考えを振り払い、私は王宮内を歩き回った。

やはり、記憶と変わらない光景だ。

綺麗な花の咲き誇る庭園や、窓から見える景色。刺さるような侍女たちの視線、嘲笑《ちょうしょう》、陰口。

そして……

「どうして、お前がここにいる？」

冷たく、突き放すような声色。

視線を上げれば……彼がいた。

落ちかけの紅葉のような赤茶の髪に、氷のような蒼色の瞳。

その瞳で私を睨みつけているのは、私の夫で……国王のアドルフ・グラナートだ。

かつては彼を愛し、彼に愛されたいと焦がれていた。

「あら？　カーティアではないですか」

隣の女性が私の名を呼ぶ。

珍しい薄紫色の髪に、琥珀色の瞳に浮かぶ嘲《あざけ》りが、端麗な顔立ちを歪めていた。

自信満々の笑みと共に、見せつけるように彼に抱きついている彼女は、側妃のヒルダだ。

「政務はどうした？　それが唯一、お前にできることだろう？」

「ふふ、アドルフの言う通りですわ。出歩いている暇などないのでは？」

冷たい対応も、今は気にならない。

記憶の中と同じかどうか確かめるために、沈黙したまま二人を見つめた。

「いやだ、気味が悪いわ。アドルフ、カーティアが喋ってくれません」

「放っておこう、ヒルダ。反論の言葉もないのだろう」

歩き出したアドルフは、私とすれ違う際に小さく呟いた。

「お飾りの王妃らしく、俺たちの愛の邪魔にならぬように尽くせよ」

『お飾りの王妃』……か。

傷付きはしなかった。もう、前回の人生で流す涙は枯れきったから……

私室に戻る頃には、考えはまとまっていた。
二十五歳で病気により亡くなった記憶を持ったまま、私は過去に戻っている。
二十二歳の誕生会も、周りの様子も、記憶の通りだったので間違いない。
まさか、過去に戻るなんて……
死ぬ前の夢かと思ったけど、痛みはあったから現実のようだ。
今が二十二歳ということは、三年後に私は再び病気で孤独に命を落とすのだろう。
そう、今のままでは。
なら……やることは一つよね。
愛されないまま死んだ前回の人生、私の存在に価値などなかった。
ならば、再び与えられた三年の月日は、自由を満喫したい。
どんなに政務を肩代わりしても、彼がこちらを向くことなどない。
だから……彼への想いなど捨てて、後悔のないように自由に生きよう。
考えが決まれば、やることは一つだ。
まずは、さっさと王妃なんて肩書きは捨ててしまおう。
自身の行く末を決めた途端、憑き物が落ちたようによく眠れた。

「どうぞ！　朝の支度用です！」
翌朝、相も変わらず仏頂面の侍女が、強く桶を置き、汚い布を私に投げつける。

そんな彼女に問いかけた。

「一つ、聞いておきたいのだけど……貴方、どのような考えでそういう態度を取るの？」

「はい？　いきなりなんですか？」

「いや、単純な疑問よ。だって、私を害せば職を失うのよ？」

「……私たちの他に王妃様の世話をする者はおりませんよ？　クビにできるとお思いですか？」

あぁ、そういうことだったのね。

ずっと疑問に思っていたことの答えが出た。

冷遇されている王妃の世話人に立候補者する者などいない、それが侍女たちをつけあがらせていたのだ。

答えは教えてもらったし、もういいか。

「ふ……ふふ」

「な、なにを笑っているのですか？」

「クビにできるかですって？　できるに決まっているじゃない」

「は、はい？」

「もう私の世話なんて必要ないわ。今のうちに荷物をまとめて新たな職でも探しなさい」

サッと青ざめた侍女は、なにを勘違いしていたのだろう。

私をなにも言わないお人形だとでもと思っていたのかしら。

吹っ切れた今、貴方たちなんて必要ない。

「あ……あの……」

「聞こえなかった？　さっさと荷物をまとめて出て行きなさい」

「ど、どうしたのですか、王妃様！　あの……申し訳ございません。ゆ、許してください！」

「伝わってる？　もう私の世話は必要ないの。王妃付きの侍女全員に伝えなさい、解雇だと」

私はこの後、王妃の肩書きを捨てる。

それに伴って侍女も暇《いとま》を出されるだろうから、早く次の職を探すように言ってあげているのに。

「申し訳ございません！　王妃様がそんなことをおっしゃると思わずに……つけあがっておりました！　気分を害したなら謝りますから！」

王妃付きの侍女は使用人の中でも高給をもらっている。辞めたくないのだろうけど、雇用の継続を迫られても私にできることなんてないわ。

「ねぇ？　何度も言わせないで。私の世話はもう必要ないの。さっさと出て行きなさい」

「ひ……ひぃ」

へなへなと座りこんだ侍女を放置して、机の上の書類を窓から投げ出す。

風に乗ってひらひらと舞い落ちていく紙を見つめながら、クスリと笑った。

よし、目障りな政務はこれで終わり。いい仕事ができた。

晴れやかな気分で部屋を出て、そのまま厨房へ向かう。

「っ……王妃さ、ま？　なぜここに？」

「はい、貴方クビね。さっさと出て行く準備をなさい」

「な……ほ、本当によろしいのでしょうか？　王妃様のお食事を作る者は私以外におりませんよ？」

「えぇ、別にいいわ」

質素なパンを用意するだけのコックなんていらないもの。

私は自分で朝食を作る。

死ぬ間際、私の身の回りの世話をしてくれた人はほとんどいなかったから、一通りの家事は身についている。

ベーコンエッグに焼いたパン。コーンスープを食卓に並べて、私はコックへ微笑んだ。

「見てわからない？　貴方は必要ないの」

「……あの、本気でしょうか？」

「何度も言わせないで、もう私に食事なんて作らなくて大丈夫。……ああ、そもそも作ってなんかいなかったわね。硬くなった古いパンを用意するだけだったもの」

「あ、あの……申し訳ございません。今度からは、王妃様の満足のいくお食事を」

「必要ないってば。何度も言わせないで？」

「わ、私は明日から……どうすれば……」

「さぁ？」

頭を抱えたコックから視線を外し、私はベーコンエッグを食べる。

うん、我ながら美味しい。

これから王宮を出たら鶏を飼おう。卵は毎日でも食べたいもの。

食事を終える頃、王宮内には様々な声が飛び交っていた。

「王妃様が乱心なされた！」

「お怒りの様子らしい！」

根も葉もないことを。私は乱心していないし、怒ってもいない。

むしろ清々しい気分だ。王妃を辞めると決めただけで、肩の荷がすっかり下りたのだから。

「お……王妃様！」

振り返ると、数人の文官が顔を引きつらせていた。手にはアドルフと彼らが私に丸投げしていた政務の書類を握っている。

さっき窓から捨てた物だ。

「おはようございます。皆様、どうされました？」

「こ、これらは貴方に任せた仕事のはずです！　窓から投げ出すなど、なんてことを！」

「政務に関しては、私が善意でやっていただけ。そもそもアドルフがやるべき仕事でしょう？　間違っていますか？」

「し、しかし……いきなりこの量を陛下に任せるなど」

この量と言うが、ここまで大量になったのは誰のせいだと思っているのか。

彼らに歩み寄り、書類を一枚ひらひらと見せつけるように揺らした。

「私の勘違いでなければ、貴方たちが処理すべき仕事も混じっていますよね。もう何年も押しつけられていたのを、私が知らないと思いました？」

「あ……あの……それは」

「大人しい王妃のままでいると思っていたようですが、もうその座にしがみつく気はありませんので」

どうせ王妃でい続けても惨《みじ》めに死ぬだけだもの。未練などない。

ありのままを伝えただけなのに、文官たちは一様に震えながら膝をついた。

「も、申し訳ございませんでした。確かにここ何年か、王妃様に政務を押しつけておりました。無礼は承知で、お任せしていた政務の詳細を……」

あぁ、何年も私に押しつけていたせいか。この人たちは仕事内容さえ忘れてしまったようだ。

「お断りします。別の方に頼んでみては？」

「そ、そんな！　王妃様として、この国のために行動してくださ――」

「その肩書きはもういらないの。じゃあね、今日はお昼寝でもさせてもらいます」

項垂《うなだ》れて助けを乞うように叫ぶ彼らに、私は振り返らなかった。

そのまま自室に戻り、昼寝のために寝台へ身を投げた。


折角気持ちよく寝ていたのに、夕刻に叩き起こされた。

とある一室に呼び出され、見覚えのある面々と顔を合わせる。

そこにいたのは、侍女長や文官長、王宮騎士団長に料理長。

アドルフはいないし、本来この場を取り持つべき大臣も、今は他国へ視察と名のついた外遊中だ。

だから、王宮の各部署の長だけが集まったのだろう。

彼らは、本当に私が王妃を辞する気かを何度も確かめてくる。

「ほ、本当に……王妃を辞めると？」

「だから、何度も言わせないで。王妃を続ける気はありません」

「アドルフ様に聞かれぬ内に考えを改めてください。言っておきますが、後悔されるのはカーティア様ですよ。いくら陛下が側妃様を寵愛《ちょうあい》されているとはいえ、癇癪《かんしゃく》を起こすなど……」

文官長が私を諌《いさ》めると、周囲も同意するように頷く。

その中でただ一人、私は笑いが溢れて止められなかった。

「ふ、ふふ……あはは」

「な、なにを笑っておられるのですか！　これは決して脅しではありませんぞ！」

「まず一つ、貴方たちに私を止める権利はありません。先程からごちゃごちゃ言ってますけど、そのようなことを言える立場だと思っているのですか？　私を冷遇してきた貴方たちが」

苦虫を噛み潰したような表情を浮かべた彼らに、言い逃れする時間は与えない。

間髪容れずに言葉を続ける。

「もう一つ、私はもうアドルフの寵愛《ちょうあい》など必要としていないの。そんなものを求めても、人生を無駄にするだけだから」

「なにを言って……私共は貴方のためを思って」

うんざりだ。昼寝を中断させられた挙句、意味のない問答を繰り返すだけ。

さっさと終わらせてしまおう。

「あぁそうだ。思いついた……貴方たちの下に仕える者は皆、私を冷遇していたわよね？　その責任を取ってもらいましょうか。そうしましょう」

「え……そ、それは……」

皆、一様に視線を逸らす。やはりこの話題なら黙ってくれそうだ。

「文官長は私に仕事を押しつけていた責、侍女長はろくな仕事をしない侍女を教育した責、他は……」

「あ、あの！　本気でおっしゃっているのですか⁉　確かに王妃の貴方には私たちを罰する権限がありますか。しかし、勝手をすればアドルフ陛下のお怒りを買うでしょう」

侍女長が言い返すと、項垂《うなだ》れていた面々が顔を上げる。

そうか……彼らを罰すればアドルフが激怒する。かつて愛していた、あの人が。

あぁ、それってつまり……とっても都合がいいわ。

「ねぇ、勘違いしているようね？」

侍女長の頬に手を当て、あえてにっこりと微笑む。

「それが望みなの、わかる？　不敬や無礼なんて関係ない。だって私、もう彼に愛されようなんて微塵も思っていないもの」

「あ、あの。じ、慈悲をいただけないでしょうか。私たちへ責を問う前に、今一度時間をください。必ず貴方を満足させてみせます」

「駄目。私の満足のいく人生のため、今までの責任を取ってね？」

侍女長は力なくへたりこんだ。うつむく者や、謝る者、泣き出す者もいた。

今までぞんざいに扱っておきながら助けてほしいなんて、都合がいいと思わないのだろうか。

その時、騒ぎを聞きつけたのだろうか、足音と共に冷たい声が響いた。

「なにをしている」

振り返ると、目当ての人物が立っていた。

アドルフ……かつて愛し、今は最も離れたい人物が。

「カーティア、これはなんの騒ぎだ？」

「私を冷遇した者たちを罰していたのです。いけませんか？」

「冷遇されていたなど初耳だが……お前ごときが罰するなど思い上がるな。勝手な行動はやめろ」

部署長たちは希望に瞳を輝かせた。にやにやと私を嘲《あざけ》るような笑みを見せつける。

「お前ごとき……ですか」

「あぁ、もはやお飾りの王妃でしかないお前に、そのような権限はない。もし勝手をすれば、お前など廃妃にでもしてやる」

え……嘘、嘘！　そんなの、すごく……すごく……！

「それは嬉しいです！　なら、もっと勝手にさせてもらいますね！」

「は……はぁ⁉」

王妃ってどうやったら辞められるのかわからなかったけど、アドルフから言ってくれるなんて、とても都合がいい。

なら、お構いなく。

「じゃあ、ここにいる人たち、み一んなクビにいたしましょう」

アドルフは呆気に取られ、間抜けのように口を開く。

さっさと廃妃にしてもらうため、好き勝手させてもらおう。

「ふざけているのか？　お前は」

「いえ、私はいたって真剣です。王宮の者を皆クビにします」

「なっ、なにをふざけたことを！　廃妃にするのだぞ！　それでもいいのか？」

「はい！　それを望んでおります」

気持ちのままに伝えたけれど、周囲の顔色は蒼白だった。

満面の笑みを浮かべた私と対照的に、アドルフがこれまでにない程に怒りを露にしているからだ。

「俺を愛し、王妃となったお前が……そのような態度を取るのか」

「えぇ、確かに貴方を愛していましたけど。もうその気持ちはありませんので」

公爵家に生まれた私と王家のアドルフは、幼い時から半ば強制的に顔を合わせていた。長い交流の中で、確かに恋仲となって愛しあっていた。

十八歳で正妃となってからの三ヶ月は本当に幸せで……いや、もう思い出すのも不快だ。

だって、そんな過去を振り返っても、もう愛する気持ちは皆無だもの。

孤独に死ぬ未来を知ってしまったから、愛してもらおうなんて未練もない。

うん……晴れ晴れする程、アドルフへの恋情などない。

「ほら、このままだと王宮中の者をクビにしますよ。皆、いなくなってしまう」

「ふざけるな！　そのような勝手を許すと思っているのか！　お飾りの王妃が勝手をするな！」

「お飾りだと先程からおっしゃってますが、貴方が側妃と時間を過ごす間、私は貴方がすべき政務や外交などをこなしていたのですよ？」

彼の瞳が揺らぐ。……当然だ。

政務のほぼ全てを引き受け、最終的には玉璽《ぎょくじ》さえ私が押していたもの。

外交に関しても、もう何年も私しか他国の王族と交流していない。

彼の評判を上げようと各国の諸問題の解決に尽力していくうち……いつしか私がこの国の女王だなんて冗談で言われていた程だ。

そう、つまり……

「あれ、お飾りなのはもしかして……貴方では？」

「お、お前！　無礼だとわかって言っているのか？」

「はい、もちろんです。無礼でなくて、事実ですが」

「俺は本気だぞ、お前を廃妃にしても……なにも問題ない」

睨まれても、少しも怯えはない。むしろ笑ってしまう。

「だから、それを望んでいると言っているでしょ？　さっさと廃妃にしてくださらない？」

「本気……か？」

「ええ。ここまで言わせておきながら、まだみっともなく私にすがりたいの？」

「き……さま……！」

沸点に達したようだ。拳を握りしめた彼が叫ぶ。

王宮中に響き渡る声量で、王宮の部署長が集まる証人だらけの場で、私の望む言葉をくれた。

「貴様など、廃妃にしてくれる！　お飾りの王妃はこの国の害だ！　さっさと王宮を去れ！」

「はい、謹《つつし》んでお受けいたします」

背筋を伸ばし、王妃教育で習った礼をそつなくこなしながら、私は念願の廃妃を受け入れる。

満面の笑みを返すと、アドルフと周囲は混乱を隠せない様子だった。

だが、そんな反応を置き去りに、私は跳ねるように自室に向かった。

荷物は昨日からまとめていたから、すぐに整理し終わった。

「では、お世話になりま……いや、なってないですね。さよなら」

放心したようなアドルフたちには振り返らず、私は軽やかな足取りで王宮を後にする。

実家であるミルセア公爵家の当主、つまり私の父はこの判断を認めないだろう。

怒り狂い、勘当されるかもしれないが、それも好都合だ。

いっそ貴族のしがらみを捨て、一人で生きていくのも楽しそうだ。

あぁ、今はどのような未来でも楽しみだ。

王宮で冷遇され、死を願われていた時を思えば、なにが起きても幸せだ。

二十五歳で病死するまでの三年間、無限の選択肢が広がっている。

私の未来は、とても自由で……楽しみしかない。

何者にも縛られず、自身の幸せだけを追い求めて充実した人生を送ってみせよう。

一人で生きる方法も、模索すればきっとあるはずだ。

◇◇◇

めでたく廃妃となった私は、馬車を乗り継いで実家のミルセア公爵邸へ帰還した。

目の前に広がる懐かしい景色に、帰ってきた実感が湧く。

しかし……当然、父が私を許すはずはなかった。邸に帰還して早々に書斎に呼び出される。

「なにを考えているんだ、カーティア。廃妃を受け入れたなど……ふざけているのか!?」

父が机を強く叩き、大きな音が鳴り響く。

控えている家令の肩が跳ねたけど、当の私は窓の外でひらめく蝶を目で追っていた。

「聞いているのか!? カーティア!」

「へ、あぁ。聞いておりませんでした、お父様」

「お、おま……わかっているのか、お前は我がミルセア公爵家の家名に泥を塗ったのだぞ!」

「お父様、私は王宮にて陛下からの寵愛《ちょうあい》を失い、冷遇という言葉が相応しい扱いを受けておりました。もう何年も……」

「そんなことは知っている！ だが、その程度で挫《くじ》けてどうする！ お前には公爵家の娘として、たとえ血反吐を吐いてでも王妃の座を死守する義務があるのだぞ！　感情なぞ捨てろ！」

あぁ、父は私の扱いを知っていてなお、助けてはくれなかったのね。

まぁ、当然か……父にとって私は政略の駒、権力闘争の益になればそれでいいだけの存在だ。

亡き母と違い、父からは塵程の愛ももらわなかったから、今更悲しくはない。

「お父様、いくら喚いても私が廃妃となった事実は変わりません。気に入らぬなら、罰してください。喜んでお受けしますわ」

ミルセア家と縁を切れば、気楽な生活にまっしぐらだ。喜んで引き受けたい。

むしろ、こちらから勘当を願うべきだろうか？

「ふん、お前が生意気を言うのであればそうしてやろう。五日の期間をやる。それまで震えて待て。もし反省の弁を述べるなら、それまでに……」

「五日……わかりました。ではお母様が残した蔵書は私がいただきますね。それでは」

「は……カーティア、ま、待て！」

今すぐでもよかったけれど、せっかく五日間の猶予ができたのだ。有意義に使おう。

父の制止を無視して書斎を出て、お母様の部屋へ向かう。

母は身体が弱く、私が八歳になる頃に亡くなった。しかし、いただいた言葉は今も私の中に残っている。

『カーティア、本は……まだ見ぬ世界、知恵を与えてくれる。読み、学べば、人生はきっと充実するはずよ』

新たな人生を送ろうとしている今の私にとって、母の蔵書は参考になるだろう。

残された本の種類は様々だった、難しい医学書、農学書、薬学書。

そのほかにも、才能ある者しか使えぬ魔法学書や、母の秘蔵のロマンス小説など……

そのどれもが新鮮な知識と物語で、私は寝る間も惜しんで読みふけった。

父の嫌がらせで、私の世話をする者は誰もいなかったけど、一人には慣れているから問題ない。

王妃だった頃と違って時間を好きに使えるから、本を夜更けまで読み続けられる。

怠惰に過ごす日々は、本当に幸せで……あっという間に五日が経った。

母の蔵書をあらかた読み終えて、蓄えた知恵を実践に移したい気持ちが沸き立っている。

農地で作物を育てて過ごすのは楽しそうだし、薬学や魔法学も……三年後に備えて学ぶべきよね。

ワクワクと期待に胸を膨らませていると、父の怒声が響いた。

「カーティア！　書斎に来い！　話がある！」

あぁ、父との話が残っていたことを忘れていた。

さっさと終わらせようと、足早に父の書斎へと向かう。

「カーティア、お前は反省の言葉を……一度も述べに来なかったな」

「そのようなことを期待されても困ります。私は反省などしておりませんもの」

「ぐっ……なら、もう今までのような豪華な暮らしはできぬ覚悟はあるのだろうな？」

「あら、食事は固いパンのみ、冷水で身を洗う日々よりも貧しくなるのなら、むしろ楽しみです」

「こ、この……」

「さぁ！　どうぞ私を勘当してください」

「なら望み通り！　お前は勘当だ！　王妃でなくなったお前は公爵家の恥！　消えよ！」

机を殴りつけ、父は力の限り叫ぶ。

その視線や声に、私を娘だと思う気持ちは見当たらない。あぁ、それは最初からだったか。

なんにせよ、父自ら親子の縁を解消してくれたのだから、異論などない。

「喜んでお受けします。ミルセア公爵様」

「お前……どのように生きていく気だ」

「し、失礼します！　旦那様！」

父……いや、ミルセア公爵の言葉を遮り、家令が駆け込んできた。酷く焦っているようだ。

「何用だ」

「じ、実は……客人が来ております……そ、それもカーティア様に」

「カーティアに？　帰せ！　もはや娘でもない者の客人など家に招くな！」

「そ、それが……きゃ、客人というのは……」

どもりながらも家令は客人の名を告げる。

その名を聞き、流石に私も動揺を隠せなかった。この場にいるはずのないお人だったからだ。

慌てて出迎えの準備を済ませ、応接室に向かう。

「お待たせしました……シュルク殿下」

「いや、こちらこそ急な来訪で申し訳ない。カーティア王妃。いや、もう違うか」

「既にご存知でしたか。どうぞ殿下は気楽にカーティアとお呼びください」

彼はシュルク・カルセイン。グラナート王国の西に面する大国、カルセインの第一王子だ。

そんな彼が他国の、一端の公爵邸に来訪するなど、異例中の異例といえる。

それに、私と彼は国交のためにほんの数回お茶をした程度の仲でしかない。来訪の理由はなんだろうか。

「それで……殿下のご用件とは……？」

「前置きは必要ないね、単刀直入に言おう。君に結婚を申し込みにきた。僕が次期国王となるため、他国から信も厚い君に、ぜひ僕と共に国政を――」

「……あぁ。申し訳ありませんが、お断りします」

礼儀など気にせず、きっぱりと断る。

私は、残りの人生を面倒なしがらみに囚われたくない。

政略の道具になることも、巻き込まれることもごめんなのだ。

たとえ相手が大国の王子でも、その意志は変わらない。

話を遮るように断ったけれど、シュルク殿下は笑ってくださった。

私と彼の立場には天と地程の差があるのに、その気安い反応は意外だ。

農地に恵まれた大地を有し、魔法学の技術を発展させたカルセイン王国は、かつてグラナート王国周辺で長く続いた戦争を終わらせた過去をもつ。

それは、皇帝の統治のもとに多くの人口を有し、圧倒的な軍事力を持つアイゼン帝国と、百年前に停戦条約を結んだことがきっかけだ。

他よりも圧倒的に抜きん出た二国間の停戦を機に、各国の争いも絶えた。

そして、その二つの大国に挟まれているのが私の住むグラナート王国だ。

位置関係もあり、我が国は大国同士の橋渡しのような存在を担っている。私はその第一人者だった。

建前上は対等だが、歴史的な関係からグラナート王国はカルセイン王国に逆らえない。

なのに私の無礼に怒りもせず、シュルク殿下は話を続けた。

「駄目かな？　カーティア、君が築き上げた信頼……僕は正当に評価するし、望むのなら愛も与えます」

「シュルク殿下、ありがたいお言葉です。しかし……もう私にはどれも必要ないものです」

「どうしても駄目だろうか？」

「……申し訳ございません。でも、どうしてそこまで私を評価してくださるのですか？」

シュルク殿下はくすりと笑う。

「数年前のカルセインでの交流会、君は我が王との謁見の際に言っただろう？　魔法学の学び舎の門戸を広げ、様々な意見を取り入れるべきだと」

「そ、そんなこともありました……ね」

「現王はそれを実践し、魔法学園を平民にも解放した。すると、平民から抜きん出た才能の持ち主が数多く現れ、魔法学は大きく発展した。それもあり、我が国は君を高く評価している」

確かに過去にカルセイン王へ提案したことはあったが、まさか実行してくださっていたとは……

「評価していただけるのはありがたいです。殿下からの婚約の申し出も、喜びで胸を満たされました。しかし、私はもう政略の中に身を投じる気はないのです」

「そうか……いや、僕が悪かった。君を無理に継承権争いへ巻き込もうとしていた」

シュルク殿下には腹違いの兄弟が何人もいて、王位継承権を争う政敵が多い。

継承戦のため、私に声をかけたのだろうけど、面倒事はごめんだ。

その後も、シュルク殿下とは気さくに会話を続けた。

私が気に病むことがないよう、明るく接してくださったのだろう。

しかし、その朗らかな空気を乱す者が部屋の扉を開いた。

「失礼します。シュルク殿下……我が娘と懇意にしていただき、ありがたく思います」

……ミルセア公爵だ。元《・》父《・》
シュルク殿下と和気あいあいと話している様子を見て、恩恵にあずかろうとしたのだろう。

勘当したはずの私を娘と呼ぶとは、どうやら彼には恥などないようだ。

「ミルセア公爵、この場をお貸しいただいていることには感謝いたします。しかし私はもう勘当された身、娘ではありません」

「カ、カーティア。殿下の御前なのだ、そのような話は後に」

「おや、勘当を……？　それは惜しいことをしましたね、ミルセア公爵」

シュルク殿下は私にいたずらっぽく微笑むと、ミルセア公爵を見て目を細めた。

「僕だけでなく、彼女の身を案じている国や、影響力を取り入れたい国はもう既に動き出しております。そんな彼女を勘当したとは……」

「あ、あぁ。カ、カーティア……さっきの話だが、どうかもう一度話し合いを……」

「ミルセア公爵、貴方が言ったのでしょう？　もう終わった話など蒸し返さず、ご退室を」

ミルセア公爵は肩を落とし、「失礼しました」と、哀愁の漂う背を向けて部屋を出た。

「よかったのかい？」

「ええ、彼は私を政略の駒としか見ておりませんので」

もう政略の渦中からは離れて生きるのだ。家の望む駒になるつもりはない。

しかし、シュルク殿下は私を過大評価しているようだ。他国が私のために動くはずがないのに。

「しかし、君はいい意味で変わったね」

「え……そうでしょうか？」

「あぁ、前はまるで……誰かに認めてもらいたいと、焦っているように見えたから」

確かに、私は焦っていたのかもしれない。他国の問題にも積極的に介入し、解決に少なからず貢献できていたと思う。

全ては、アドルフに振り向いてもらうための努力だった。しかし今は、そんな焦りは微塵もない。

そのことを、シュルク殿下は見抜いたのだろう。

「今はただ、自由に生きていたいのです」

せっかく手に入れた二度目の人生、縛られる生活など二度とごめんだ。

「自由に……か。今日は難しいかもしれないよ？」

「へ？」

素っ頓狂な声を出した私を、シュルク殿下が窓の近くで手招く。

何事かと近づくと、彼は外を指差して笑った。

「言っただろう？　各国が君の身を案じて、引き入れたがっていると……僕は一番乗りなだけ」

「……うそ」

窓の外に見えたのは、煌びやかで豪奢《ごうしゃ》な馬車の群れだった。

「君がもう政治から遠ざかると聞いて安心した。他国に君の影響力が渡ることを危惧していたが、杞憂に終わりそうだ。それでは、振られた僕は先に失礼するよ、ここは騒がしくなる」

呆然と立ち尽くす私を置いて、シュルク殿下は部屋を出て行ってしまった。

「困ったことがあれば、いつでも頼ってくれ」と微笑みを残して。

外にいる方々はお世話になった他国の重鎮ばかり……無下になどできるはずはなかった。

◇◇◇

入れ替わり立ち代わりで訪れる来訪者への対応で、目まぐるしい一日だった。

彼らの要件は婚約の申し出や文官への推薦で、もう政治に関わりたくない私は全てを断った。

しかし、まさかここまで評価してもらっていたなんて。

「なにか困りごとがあればいつでも頼ってください。貴方には多くの助言をいただいた」

「カーティア様には、わが国の食料問題改善に手を貸していただいた。ご恩をいつか返させてください」

折角の申し出を断っているにもかかわらず、来る人は皆がお礼を言って去っていった。

以前はアドルフしか見ていなくて気付かなかったが、私は鈍感だったようだ。

他国の方々に、私は想像以上に愛されていたのかもしれない。

「それでは、カーティア様。貴方に祝福を」

「えぇ、ありがとうございます」

最後の来訪者が去っていくのを見送り、大きく息を吐く。

ようやく終わったと思った時には、既に夜中となっていた。

「さて……出ていかないと」

外の夜闇を見つめながら呟くと、意気揚々とした声が返ってきた。

「いやぁ、カーティア。事前に相談してくれていれば、廃妃には賛成だったぞ……仕方がない、また我が家の娘に戻るといい」

「……」

「本当はお前が冷遇されていたことに心を痛めていたんだ。また親子に戻って、じっくりと新しい婚約者を選定しようじゃないか」

ミルセア公爵……ある意味で尊敬の念すら抱く。彼に恥という概念はないのだろうか。

「ミルセア公爵、私に媚《こび》を売っている場合ですか？」

「カーティア、父と呼んでくれ。ここを出て行けばきっと後悔するのだから。言うことを聞きなさい」

「後悔ですか……ところで、来訪してくださった皆様には、私が王宮で受けた仕打ちや、貴方に勘当されたことは全て明かしました。非難の声明を出してくださるそうです」

「は……な、なにを……お前はなにをしたのかわかっているのか!?　王に仕える公爵家としての責任を……！」

「その公爵家から追い出したのは、どなたでしたっけ？」

「な……あ……おま」

「おや？　後悔するのはミルセア公爵の方でしたね？」

「ま……まま……待て！　ゆ、許してくれ、カーティア」

「嫌に決まっております」

さぁ、もう屋敷を出て、好きなことだけして生きられる場所を探そう。

いたずらに時間を消費すれば……この件を聞いたアドルフたちがなにをしてくるかわからない。

そう考えていた時だった。

「あ……あの！　カーティア様。よ、よろしいでしょうか？」

今日で何度目になるだろうか、家令が焦った様子で駆け込んできてため息がこぼれた。

「また来客ですか？　申し訳ありませんが、夜も遅いのでお断りを……」

「その、アイゼン帝国の方です。そ……それも……宰相様です」

「これは……また……」

最後の最後で、シュルク殿下と並ぶ程のお客様がやってくるとは。

アイゼン帝国の宰相といえば、皇帝に次ぐ権力者だ。

「わかりました。応接室へ案内してください」

慌てて去っていく家令を見送り、私はミルセア公爵に向き直る。

「ミルセア公爵、これ以上のお話は時間の無駄ですので、ご退室を」

「許してくれ、父を……救ってくれ」

「出ていきなさい。帝国にまで貴方の醜聞《しゅうぶん》を広げてほしいの？」

「ひ……」

低い声で脅すと、そそくさとミルセア公爵は出て行った。

シュルク殿下と面識のあったカルセイン王国と違い、アイゼン帝国は国際交流会にさえ文官しか出席しない閉鎖的な国だ。交流は乏しく、内部の情報は少ない。

帝国の宰相様が、いったい私になんの用なのか。

「入ってよいだろうか」

「……どうぞ」

入ってきたのは、見上げる程大きな体躯の偉丈夫《いじょうふ》だった。歳は、私よりも二十は上だろうか。

「夜遅くの来訪で申し訳ない。お初にお目にかかります。……アイゼン帝国にて宰相を務める、ジェラルド・カイマンと申します」

「カーティアです。ジェラルド様」

カーテシーをした際に、ジェラルド様の外套の下に漆黒の鎧が見えた。

上手く隠してはいるが、腰には剣を差している。

アイゼン帝国は軍事力に優れていると聞くが、宰相様まで武装しているとは驚きだ。

「それで、ジェラルド様。本日はどのようなご用件でしょうか」

「あぁ、早速ですが本題に入りましょう。カーティア嬢、実は貴方に縁談を持ってまいりました」

またか……断りの言葉を考えないと。

内心ため息を吐いた時、ジェラルド様はこう言った。

「少々特殊な縁談となりますが、カーティア嬢の自由と、望むものを与えることを約束します」

含みのある言葉に、思わず問いかける。

「特殊な縁談……とは？」

「我が皇帝と、愛なき偽装結婚をしていただきたい。代わりに自由を約束いたします。政務もなにもしなくていい。望むなら土地も用意しましょう」

愛のない結婚。政治にかかわる義務はない。つまり……面倒なしがらみはないということ?

それに加えて、自由と私だけの土地をくれるなんて。

それは少し……いや、かなり興味を惹かれてしまう。

「お話を、聞かせていただけますか？」

再び漏れ出た問いかけに、ジェラルド様は丁寧に答えてくださった。

ジェラルド様から聞いた話をまとめると、アイゼン帝国の皇帝――シルウィオ・アイゼンは今年で二十五歳になるが、いまだ未婚であった。それには彼が公言した言葉に理由がある。

「誰かを愛する気も、子を作る気もない」……と言ったのだ。

それを聞いた貴族たちは当然、娘を皇后にしようとは思わなかった。娘が皇后になっても子を成せず、皇帝の寵愛《ちょうあい》すらないのなら、身を引くのは当然だ。

更に、シルウィオ皇帝は戴冠式の前に、自分以外の皇位継承権を持つ者を帝都から追放した過去がある。

その件も相まって、機嫌を損ねれば家ごと追放されると、誰もが彼を恐れた。

そして月日が流れ、国内では未婚の皇帝に不信感が募《つの》っている。

それらを解消するためにも、愛のない結婚を受け入れる女性を探していたようだ。

「と……いうことなのです。形だけの皇后として、我が国へ来てくださいませんか」

「……どうして私がその候補に？」

「廃妃となったカーティア嬢は自由を望むと聞きました。それに、皇后になっても貴族たちが異を唱えられない程に他国からの信も厚い。これ程都合のいい女性はおりませぬ」

五日前に廃妃となった件だけでなく、既に経緯まで調べあげているようだ。

帝国が持つ情報網が恐ろしい。

「ほ、本当に形だけの皇后でもいいのですか？」

「はい。対価として、自由な生活をお約束します。帝国民を安心させるためのお力添えを願いたい」

正直に言えば、かなり迷っている。本来であれば、他の国と同じく断るべきだ。

しかし、帝国で本当の意味でのお飾りの后になれば……後は望む自由が待っている。

その魅力的な条件に、質問を重ねていく。

「あの、土地というのは実際にはどれ程……」

「流石に城内には住んでいただきたいが……庭園は広いので、それなりの土地を扱えるはずです」

「で、では……農地を作っても？　薬草の研究もしたいので、それらも植えたいのですが」

「へ？　の、農地？　や、くそう？」

「はい!!」

「そ、そんなものでいいのですか？　望めば金でできた宮も、ドレスも宝石も用意しますが……」

「そんなつまらないものはいりません。私には自分だけの僅かな土地があれば充分です」

「つまら……なんと……」

ジェラルド様は驚きで言葉が出ないようだ。

これは……もしかして、本当に希望通りにいくかもしれない。

現状、帝国に嫁ぐことにメリットしかない。悠々自適に過ごせて……皇后になれば、グラナートに無理やり連れ戻される心配もない。

これは、かなりいいお話なのでは？

「ジェラルド様、もう一つお聞きしてもいいですか？」

「なんでしょうか」

「結婚した場合、政権争いに巻き込まれる可能性はありますか？」

ジェラルド様は頬に笑みを刻んで、首を横に振る。

「ご心配なく。我が陛下に逆らう者などおりませぬ。皆……首は繋がっていたいですから」

「それは……私の身は、安全なのですか？」

「ええ、貴方には庭園に設けた離宮に住んでいただきますので。陛下と会うことはそうありません」

心配はあるが、今は他に行く当てもない。

二度目の人生を自由に過ごす。その夢に最も近い誘いが来て、断る理由もない。

都合のいい話には乗っかる方がいい。もし帝国で面倒事に巻きこまれたなら、逃げ出してしまえばいいのだ。

うん、そうしよう。よし！　決めた。さっさと行こう！

「承知いたしました。お話をお受けいたします」

「っ!!　ありがたい。それでは準備もあるでしょう、二十日後には迎えを」

「いえ、ジェラルド様。そのような時間はありませんよ！　今すぐに向かいましょう、すぐに連れて行ってください！　思い立ったが吉日！　さぁ、はやく！」

「は？　準備はいいので？　荷物も……」

「そんなもの、既にまとめ終えております」

にこやかに答えれば、ジェラルド様は呆気に取られていた。

まさか、出て行く間際だったとは思っていなかったのだろう。本当に都合がいい。

「いいのですか？　この国に未練や……別れの挨拶などは」

「そんなもの……」

この屋敷で育った幼少期、王宮での生活……彼と過ごした日々、お父様との生活……

思い出しても……腹立たしい記憶しかないじゃないか。

清々しい程に未練がない。

こんな国は捨てて、さっさと出ていこう。

「ありません。行きましょう！」

「え、えらくあっさりと……わかりました。では荷物を持って、外に停めた馬車のところに来てください」

「はい！」

あぁ、なんていい日だ。

帝国に行く不安よりも、自由な生活を送ることへの期待が勝る。

既にまとめていた荷物を持ち、意気揚々と屋敷の外へ向かう。

「ま、待ってくれ！　カーティア！」

振り返ると、ミルセア公爵が走ってきた。

「なんでしょうか？」

「ど……どうか許してほしい。今からでも遅くない。この国や陛下のために……行かないでくれ」

「ミルセア公爵」

「っ」

「一つ、言っておきましょう。もう私は……貴方のためにも、あのくだらない王のためにも生きることはありません。自分のためだけに生きていきます。それでは」

「そ、そんな……お、お前がこの国からいなくなったら……私たちはどうなるのだ！」

「さぁ？　少しはご自分でお考えください」

「ま、待ってくれ！　カーティア！　どうすれば」

ミルセア公爵の言葉を無視し、ジェラルド様の馬車に乗り込む。

そこで、ふと思い出した言葉を……いまだに叫ぶミルセア公爵に微笑みと共に言ってあげた。

「私におっしゃったように、血反吐を吐いてでも頑張ってみては？　それでは！」

「あ……あぁぁ！　ま、待て！　父を許して――」

「出せ」

ジェラルド様の指示で、馬車が走り出した。

外は既に真っ暗だ。私たちの馬車を沢山の護衛が囲み、彼らが操る馬の蹄《ひづめ》が土を鳴らす。

……初めてアイゼン帝国へ向かうが、緊張はない。

邪魔なしがらみは全て捨てて向かう新天地、自由を謳歌《おうか》する日々を考えると、むしろ明るい気持ちになる。

まずは……畑でも作ろうかしら。

アドルフのことなど頭の片隅にも残らない程、今後への期待が膨らんでいた。

悲願の花・一　アドルフside

カーティアを廃妃とした後、俺は自室にこもった。

そうでもしないと、周りに当たり散らしそうだったからだ。廃妃にすると言ったのに、喜んでいたあいつの顔が頭から離れない。

会うたびに愛を望むように俺を見つめ、恋焦がれた声で呼ぶあいつに、優越感を抱いていた。

だから別れを告げれば、泣いて許しを乞うと思っていたのに。

「忌々しい……しかし、あいつがいない今、ヒルダを正妃にできる。喜ばしいはずだろ」

自分に言い聞かせても、苛立ちは抑えられない。

あいつは俺を愛していたはずなのに、なにがあいつの心を変えたのか。

心に穴が空いたような感覚が、俺を苛《さいな》む。

「アドルフ、どうしたのですか？」

声をかけてきたのは、ヒルダだった。

心配で部屋まで来てくれたのだろう。その心遣いにふわりと心が和らぐ。

「すまない、あの女のことを考えていた」

「アドルフ、冷遇されたカーティアのことなど忘れましょう？　私が王妃になれるのよ？」

「そうだな。確かに……さっさと忘れてしまおう」

俺はヒルダを王妃にしたかった。カーティアがいなくなることを望んでいたはずだ。

なのに、俺のことを歯牙にもかけないカーティアを思い出すと、苛立ちと寂しさが募《つの》ってしまう。

「ねぇ、アドルフ……こっちを見て、私を見て」

ヒルダとそっと唇が重なる。

柔らかい唇が離れると、頬を朱に染めた、麗しい彼女が笑っていた。

その魅惑的な笑みに、苛立っていた心が恋情に捕らわれていく。

「これからは私が王妃。きっと皆が羨む程幸せなはずよ」

「ヒルダ……そうだな。その通りだ」

「カーティアが消えてくれて、清々したわよね？」

「あぁ……」

彼女が付けている香油の匂いを嗅ぐと、心が安らぎ、考えがうつろになる。

それだけ彼女と過ごす時間は気持ちがよく、身体に熱がこもるのだ。

なにも考えたくないと思える程に、俺は彼女を愛している。決して離したくない。

そうだ。ヒルダさえ傍にいれば、それでいいではないか。

カーティアを気にするのは止めよう。あいつは王宮から去ったのだ。

国民には、ヒルダを正妃に迎えたことを報告すればいい。

その準備は大変だが……全てはヒルダのために。

『駄目だ』

「？　なにか言ったか……ヒルダ」

「……いいえ？」

考え過ぎたのだろうか。

幻聴を振り払うために、俺はヒルダを寝台に押し倒した。

◇◇◇

カーティアがいなくとも、問題はないはずだった。

なのに、僅か数日で俺の考えは揺らいだ。

「これは……一体どうなっている！」

「申し訳ございません。陛下」

山のように積もった書類、政務の数々に、怒りが沸き起こる。

たった数日目を離した隙に、抱えきれない量の仕事がたまるなど聞いていない。

「これらはなんだ。いきなりこれだけの政務をこなせると思うのか⁉」

「そ……その」

言いよどむ文官たちに苛立ちが募《つの》る。

「理由を説明しろ！　これだけの政務を俺に回す理由を！」

「お、恐れながら申し上げます。これらは全て……今までカーティア様が行っていたものです」

「は……嘘を言うな。これだけの量……」

「わ、我々もあの方がいなくなってから知りました。これらに加えて……王都近郊の税収管理、農地管理、その他にも多くのことをされて」

「……もういい。いない者の話はするな」

「その、大変申し上げにくいのですが。カーティア様に帰ってきていただくようにお願いできないでしょうか。我々の仕事についても、あの方に投げていた部分が多く……」

「言ったはずだ。いない者の話はするな……この政務はお前たちがやれ。いいな」

あの女はもういない。俺が廃妃としたから。

しかし、文官たちはあの女が戻って来ることを熱望していた。

「どうか、どうかカーティア様にお戻りの提案を……我々が間違っておりました」

「黙れ！　俺の決定に異議があれば、二度とこの王宮で仕事ができぬようにしてもいいのだぞ！」

「……」

「わかったなら全てをこなせ。あの女程度にできたのだから、お前たちにもできるだろう」

返事はなかった。

その反応が腹立たしく、舌打ちをした時、戸惑いの声が聞こえた。

「な、なにがあったのですか？」

振り返ると、我が国の大臣――レブナンが立っていた。

他国の視察から帰ってきた彼に事情を全て明かすと、驚愕の表情を見せた。

「ほ、本当でしょうか。アドルフ陛下……そ、それは」

「あぁ、カーティアは廃妃とした」

わなわなと身体を震わせる様は、思った反応と違う。諸手を挙げて喜ぶと思ったが。

「どうした？　不都合でもあったか？」

「そ……そのヒルダ様が王妃となることに問題はないでしょうか？　側妃になる前から彼女は社交界に姿を出していないため、貴族間の繋がりも薄いでしょう」

「王妃の素質には関係ない」

「で……ですが……彼女の出自に疑問を抱く者もおり……」

ヒルダが王妃となることを嫌がるレブナンに、俺は激昂《げっこう》した。

「黙れ！　関係ないと言っている！　俺がヒルダを王妃に望んだのだ！　問題があるか!?」

叫べば萎縮するだろうと思ったが、レブナンは意を決したように本音を告げた。

「お、恐れながら本心を申します。今すぐにカーティア様の廃妃を取り止めていただきたいのです」

「なにを言っている⁉　不可能だ、既に廃妃の件は公表した」

「い、いつですか⁉」

「カーティアが離宮した翌日にだ」

レブナンは大臣という立場にもかかわらず、みっともなく膝を落とす。

あまりの落胆ぶりに、その場にいた全員が目を丸くした。

「おい、レブナン。俺の前ということも忘れたか、立て」

俺がそう命じても反応はなく、なにやらブツブツと呟いている。

なぜか……その姿に見覚えがあり、背筋が冷えた。

「今すぐにでもカーティア様に頭を下げて、王妃に戻ってもらってください！」

「ふざけるな、そのようなみっともない姿を王が見せられるか！　理由を言え、レブナン！」

「カーティア様が陛下の代わりに諸外国との外交を務めていたのはご存知ですね？」

ヒルダとの時間を増やすため、確かに外交はカーティアに任せていた。

だが、それがなんだというのだ。

「あ、あぁ。……俺の代わりに任せていただけだ。それがどうした」

「申し上げにくいのですが。顔を見せぬ陛下よりも、諸外国はカーティア様を女王とみなしております」

な？　こいつは、虚言を吐いているのか？

「なにを言っている、この国の王は俺だ！」

「諸外国はそう見ておりません。カーティア様は各国から絶大な信頼を得ております。外交の柱がいなくなれば、我が国はどうなるか……」

「なぜそれを俺に報告しなかった！　レブナン！」

「申し訳ございません……現状維持こそが得策だと思っておりました。陛下にお知らせして状況が変わることを恐れて……とにかく、今はすぐにでもカーティア様へ謝罪の文を！」

「馬鹿が！　王が一度下した決定を変えるなどできるか！」

「陛下が気に入らなくとも、カーティア様は貴方の愛を望んでおります……きっと戻ってまいります！」

「くだらん！　外交など俺でも務まる！　もう黙れ！　あの女は必要ない！」

『駄目だ、今すぐカーティアを――』

「くどいぞ！　誰に向かって……」

「へ、陛下？」

レブナンはなにも喋っていない。……その場にいた誰もが、俺に話しかけた様子はない。

また幻聴か。俺は疲れているのか？

『カーティア……』

うるさい。なんだ……これは。

『同じだ……前と』

なぜか、あいつが消えた日から幻聴が止まらない。そして、なによりも気味の悪いことが他にあった。

俺には、先の文官との会話も……レブナンが言ったあの女の功績も……

全て……どこかで見聞きしたような記憶があるのだ。

幻聴と見知らぬ記憶に混乱していると、レブナンは片膝をついて頭を下げた。

「どうか、カーティア様を連れ戻す許可を！　手遅れになる前にどうか！」

「……」

「冷遇したことを詫びましょう。気に入らなくとも、再び陛下の側妃とすればいいのです」

「王の決定だ。覆らぬ」

「どうか、どうか……陛下！」

否を突きつけようとした。しかし、聞こえた幻聴と現状の不安から真逆の言葉が漏れ出た。

「……わかった。お前がそこまで言うのなら……連れ戻せ」

「っ!!　感謝いたします……陛下！」

気に入らない。しかしカーティアが戻れば、俺とヒルダは変わらず蜜月を過ごせる。

そうだ、それが最善だ。あいつはいまだに俺を愛しているはず、きっと帰ってくる。

そうして、今まで通り利用すればいい……と、思っていたが。

翌日にレブナンから受けた報告は、信じられないものだった。

「カ、カーティアが既にグラナートにいないだと!?」

廃妃になった数日後には国外へ発ったというのだ。

更に、各国から異常な数の書簡が届き、その内容はカーティアの冷遇を非難するものだった。

あいつが……ばらしたのか？　この短期間で？　どうやって……

「へ、陛下……今すぐに対策を講じてください！　このままでは、我が国の権威と信頼が……」

レブナンが青ざめて叫ぶが、対策など、ある訳がない。

カーティアは、廃妃にされた時は威勢を張っていただけだと思っていた。

本心ではまだ俺に気持ちを残していて、意地を張って俺の謝罪を待っているのだと……

だが、カーティアはあっさりとこの国を捨てていた。

「レブナン、あの女はどこへ向かったのだ⁉」

「それが……ミルセア公爵の報告では、アイゼン帝国の皇后になるために発ったと……」

帝国の皇后だと……？

驚きと共に不安が押し寄せる。

カーティアは手が届かないところに行ってしまった。このままでは、外交も政務も、全てが混乱したままだ。

『連れ戻せ』

再び幻聴が聞こえ、頭痛までし始めた。

痛みに思わず目を閉じた瞬間……なぜか、脳裏に見知らぬ光景が浮かんだ。

◆◆◆

玉座の間は燃え盛る炎に包まれ、周囲からは悲鳴と逃げ惑う声が聞こえる。

足元に転がる無数の死体が焦げた匂いを充満させていく。

豪炎が迫っているのに逃げ出せない……痛みで前に動けない。

自身の腹部を見れば剣が突き刺さり、刀身からは鮮血が滴《したた》る。

こんな事態に陥ったのは、俺のたった一度の過ちのせい……

後悔、絶望、懺悔《ざんげ》、不安、恐怖、罪悪感。

ぐちゃぐちゃに混ざった感情の中、自然と口から漏れるのは、彼女の名前だった。

『すまない……カーティア……』

俺は……君を。

◆◆◆

「陛下？　どうされました？　陛下！」

「っ!!　っ？」

目を開くと、いつも通りの平穏が広がっていた。

燃え盛る炎も、腹を突き刺す剣もない。心が押し潰されそうな激情も消えている。

夢か？　いや、あれは……まるで本当にその場にいるかのような現実感があった。

「体調が悪いのでしたらお休みを。今後の対策は後程話し合いましょう」

言われた通り休もうとしたが、先程の光景から生じた不安が口をついて出た。

「レブナン……カーティアを連れ戻せるか？」

「へ？　陛下？」

「お前の言う通り、あいつは外交の手段として手元に残しておく必要がある」

なぜか、カーティアを呼び戻さねば……あの夢が現実になるような気がする。

だが、レブナンは目を伏せて首を横に振った。

「残念ながら、帝国とそのような交渉ができる人材はおりませぬ。カーティア様は皇后となるのです。そう簡単には……」

「まだ、時間はそう経っていない。今ならどうにかなるはずだ」

「しかし……」

「陛下、私にお任せください」

会話を遮ったのは、近衛騎士団の団長――ギルクだった。

彼もカーティアを冷遇していた一人だ。王妃に護衛を付けず、責務を怠っていた過去がある。

しかし俺は、彼を咎《とが》めはしなかった。

彼はこの国で最も力のある騎士で、カーティアごときを理由に手放せる人材ではない。だから変わらず俺の護衛として傍に控えさせていた。

「ギルク……任せるとは、どのように？」

「停戦してから百年経ち、いまや帝国の牙は抜け落ちました。恐れる必要はございません。対等に話し合えばいいのです」

「話し合うだと？」

「カーティア様を引き渡す対価に、我が国と帝国で軍事協定を結ぶことを提案いたしましょう。帝国にとって、中立国である我が国を陣営に引き入れるのは大きな益のはずです」

レブナンはギルクの言葉に難色を示した。

「しかし……皇后を差し出せとの提案は流石に……」

「我ら騎士団の技術提供もいたしましょう。それに……カーティア様も意地を張っているだけでしょう。あれだけ陛下を愛されていたのですから、きっと陛下の下へ帰ってきます。最悪、無理やりにでも連れ戻しますよ」

物騒な提案に、レブナンは慌てて口を挟む。

「ギルク……帝国の軍事力は我が国よりも——」

「わかった。行け、ギルク」

レブナンの否定を遮り、俺はギルクへ命令を下した。

「承知いたしました。遠征準備に一月程いただきます。成功した暁には、相応の報酬を」

「あぁ。多少脅しても構わぬ。準備を万全に整え、必ずカーティアを連れ戻せ」

「はっ！　必ずや」

凄惨《せいさん》な白昼夢《はくちゅうむ》が頭から離れず、不安が押し寄せる。

カーティアがいればああはならないと、なぜか思うのだ。

まだあいつの心に俺への気持ちが残っていれば、必ず帰ってくるはずだ。

そんな、藁にも縋るような想いでギルクに託したのだった。

第二章　溶けていく氷

数日をかけて、ようやくアイゼン帝国にたどり着いた。

周辺国の中でも群を抜いた大国の一つ。その発展ぶりは私の想像を超えていた。

帝都は先の見えない程に広く、行き交う人の数に目眩がしそう。

活気のある街と賑わう人々の笑顔に、栄えた国なのだとよくわかる。

なによりも、帝都の中央にそびえ立つ城に目を奪われた。

本当に人の手で作ったのかと思う程高く大きく、まるで山のようだ。

そんな城へ入った直後、私は大勢の侍女に囲まれ……皇帝への挨拶の支度をされていた。

式などは挙げないが、形式的に夫となる皇帝シルウィオ様にさすがに一度は会う必要があるようだ。

面倒だけど、一度会うだけで自由をくれると言うのなら、喜んでお会いすべきだ。

「普段着姿もお美しかったですが、やはり着飾った姿は特段に麗しいですね。カーティア皇后」

「ありがとうございます。ジェラルド様、しかしどうか私のことは気軽にカーティアと呼んでください」

「ではお言葉に甘えて、カーティア様とお呼びいたします。それでは陛下にご挨拶を」

アイゼン帝国皇帝、シルウィオ・アイゼン。

私が彼について知っているのは恐ろしい話ばかりだ。

皇位継承権者を追放したり、逆らった者へ罰を与えたりなどと、よくない噂が広がっている。

逆に、たった一代で帝国貴族の内乱を治めた偉業もあり、彼がどんな人かはよくわからない。

まぁ……どのような方でも、私は自由に生きていければいいのだけど。

自由が保証されているからか、思った以上に気楽で、足取りは軽い。

隣のジェラルド様は緊張しているようだ。私がスキップして歩く姿に驚いている。

「その……緊張はなさらないのですか？」

「いえ、全く」

「な、なんと……しかし陛下は気難しい方ですので、ご挨拶は許可が出てからお願いします」

「はい！　わかりました！」

そんな会話を挟み、大きな扉を開いて玉座の間へ進む。

煌びやかな装飾が施された静かな空間に足を踏み入れると、大勢の帝国騎士が片膝をついた。

一糸乱れず、全ての騎士が揃って跪《ひざまず》く様相には圧倒される。

「では、参りましょうか」

「は、はい」

ジェラルド様にエスコートされながら、玉座までの長い道のりを歩む。

騎士たちは一切視線を上げない。静寂の中、私たちの足音だけが響いた。

たどり着いた先、玉座で待っていたのは、見目麗しい男性だった。

絹糸のように輝く銀色の髪、眩しい程の端整な顔立ちは、今までに出会った誰よりも美しい。

だけど……その表情は酷く虚ろで、なにも感じていないかのようだ。

宝石のような深紅の瞳は、つまらなそうに空を見つめている。

彼がアイゼン帝国皇帝――シルウィオ様。

「ジェラルド、その女は誰だ」

「発言のお許しを。この方は此度《こたび》の婚姻を引き受けてくださった女性です。名を……」

「もういい」

「は……？」

「下がれ、もう顔合わせは済んだ」

シルウィオ様はそれだけ言うと、再び視線を外した。

ジェラルド様がそっと私の背中を押して退室を誘導する。

言われた通りにこのまま立ち去る？　いや、これでいい訳がない。

私はジェラルド様の手を振り切って、シルウィオ様の前に進む。

周囲からざわめきと射貫くような視線を感じたけれど気にしない。

シルウィオ様は睨むように私を見た。

しかし、私は怯まない。むしろそれが望みだった。

「ようやく、私を見てくれましたね」

視線を向けたシルウィオ様に、背筋を伸ばして頭を下げる。

王妃教育で習った所作通りに、優雅な動きを意識して。

「初めましてシルウィオ様。カーティアと申します。以後、お見知りおきください」

「……」

よし、顔を完全に見てもらえた。これで後から私の存在を知らないとは言わせない。

自由の憂いは消えた訳だ。

満足する私の手を、ジェラルド様が血相を変えて引く。

周囲の騎士たちもどよめいているが、なにか悪いことをしただろうか。

シルウィオ様は表情一つ変えていない。むしろ……私の顔を見つめてくださったのに。

「カ、カーティア様、行きましょう」

「はい」

今度こそ、退室のために歩き出す。

振り返ると、シルウィオ様の視線は私に向けられたままだった。

玉座の間を離れると、ジェラルド様は汗を拭きながら大きく息を吐いた。

「やはり、カーティア様は大胆な方ですね。陛下の前に立つなど、私には恐ろしくてできませんよ」

「いや、私はただ挨拶をしようと……」

「あの威圧感を前に、肝が据わっていらっしゃる」

私が鈍感なのだろうか。全く怖くなどなかったが、他の人はそうではないようだ。

「なんにせよ、顔合わせも済みました……約束通り、望む土地をお渡しします」

「っ……はい！　はい！　やった！　やったー!!」

ようやく待ち望んでいた瞬間が来た！

愛のない結婚、顔合わせのみで自由がもらえるなんて……なんといい待遇だろう。

これで、好きに生きることができる。


ジェラルド様が連れてきてくれたのは、太陽の差し込む中庭だった。

「一応、先にお伺いしていたご希望に合わせたのですが……本当にここでいいのですか？」

彼は小さな屋敷を申し訳なさそうに指し示す。いや、小屋と言っていい。

他の場所と違って色とりどりの花もなく、雑草が生い茂る整備されていない隅の土地だ。

うん、最高！　完璧だ。私は思わず頬を緩める。

「ありがとうございます！　嬉しいです！」

「本当に……不思議な方だ。妃を迎えるために組んだ予算が万分の一以下で済んだのですから、文官が驚いて言葉を失っておりました。異例続きですよ……」

ぼやくジェラルド様の言葉は気にせず、私は今後に想いをはせる。

労せずして手に入れた自由と、私だけの土地。

できることもやりたいことも無限にある。ここで私の人生を充実させて、生きた証を残そう。

苦しみの日々は終わった。意味のない人生に別れを告げ、新たな道が拓けたのだから。

◇◇◇

早速、私はいただいた土地を自分好みに変えていくことにした。

まず手をつけたのは畑作りだ。

動きやすい服装に着替え、長い髪は後ろにまとめる。農具を手に日光の下へ出て、農学書を参考に作業を進めていった。

皇后となって早々にそんな恰好でうろつく私を見て、城内の人々は驚いていたけど気にしない。

慣れないながらも土地を耕し、種を撒いて水をやる。

食事に関しては、今は城から少しだけ恵んでもらっている。

でも、そのうち畑の環境が整ったら、自給自足で生きる道を模索しよう。

それと、ジェラルド様へ一つだけわがままを言わせてもらった。

「コ、コ、コケ！」

白い羽を広げ、手作りの柵の中をバタバタと走り回っているのは鶏だ。

そう、ジェラルド様に頼んで、卵を産んでくれる鶏をいただいたのだ。これで毎日卵を食べられる。

「よろしくね、コッコちゃん」

「ココ、コケ！」

名前を付けると不思議と愛着がわくものだ。とりあえず餌は多めにあげておこう。

「あの……本当にこれだけでいいのですか？　宝石やドレスも、言ってくだされば御用意いたしますよ？」

ジェラルド様は戸惑いを隠せていないし、鶏を連れて来てくれた使用人たちも驚きの表情を浮かべている。

まぁ、土まみれの服装で鶏を要求する皇后など、私も会ったことがないから仕方ない。

「いいのです、私は……こんな日々を望んでおりましたので」

「しかし、貴方を迎えるために用意した予算もまだたくさん残っています。いつでも要望をお出しいただければ……」

「では、残りは全て帝国内の養護施設へ寄付してください。私よりも恵まれない子たちへ」

「よろしいのですか？」

「はい！」

一回目の人生通りなら、三年後に私は病気で死んでしまう。

もちろん、薬学や魔法学などを学んで生きる術《すべ》を探してみるが、いい手立てが見つかるとは限らない。

死んでしまえば宝石なんかは石ころと同じ、だから不必要なものは望まない。

使用人の皆さんの世話もお断りした。一人で過ごすのも気楽だ。

グラナートで冷遇されていた日々に比べれば、ここは天国だ。

朝起きて、農地を耕す。コッコちゃんと戯《たわむ》れて、卵をもらう。朝食を食べる。

午後は好きにやりたいことをする……あれ、王妃だった頃より格段に楽しい毎日じゃないか。

不満などあるはずもない。むしろ……

「さいこう……」

手作りのハンモックに揺られながら、私は充実した日々に満足の笑みを浮かべた。

◇◇◇

帝国に来て、一ヶ月は経っただろうか。

少しずつ自給自足の土台ができて、一人で暮らす日々にも慣れてきた。

まぁ、少し困ったことはあるけれど。

「カーティア様、今日も招待のお手紙が……」

「全てお断りしてください」

帝国の貴族からすれば、私は他国からやってきたお飾りの皇后に過ぎない。

彼らは当然、私に懐疑的だったらしいけど、予算のほぼ全てを養護施設へ寄付したことが伝わると、毎日のように社交界への招待状が届くようになった。

手紙を持ってきてくださるジェラルド様には悪いが、断る以外の選択肢はない。

「よろしいのですか？　今の貴方なら、社交界の注目の花。羨望も名声も……」

「いえいえ、必要ありません！　今はやりたいことが多くて忙しいですから！」

「なんと……」

毎回、新鮮に驚くジェラルド様の顔はもう見慣れてしまった。

ジェラルド様が城に戻り、一人になった私は意気揚々と本を取り出す。

そう、いよいよ本腰を入れて薬学や魔法学の習得に専念するのだ。

薬学と魔法学は、二十五の歳に発症する病気から私を救ってくれる糸口になるかもしれない。

三年後に死ぬなんて言っても、誰も信じはしない。ならば今の私にできるのは、少しでも知識を蓄えておくことのはず。

学者に頼るのもいいけど、まずは初めの一歩からだ。

「さて、前のことを……思い出さないとね」

私が死んだ原因はなんだっただろうか。急に病気で倒れたことは覚えている。

しかし、医者に診せてもらえなかったので病名がわからない。

胸が痛み、咳が酷かったのは覚えている。あと頭痛や腹痛の症状もあった。

あれ、これだけじゃ特定が難しい……

「とりあえず、風邪薬と喉薬から作ってみよう」

庭園は広いので、ところどころに薬草も生えている。薬学書を見ながら、薬草を探して歩く。

しかし、薬草と雑草を見分けるのは大変で、加えて調合に必須な薬草は中々生えていなかった。

「苦労しそうだけど……面白いな」

汗を拭くと、生きているという実感が胸を満たす。それが今の私の原動力でもあった。

昼間は薬草を探し、夜は魔法学書を読み込んで知識を蓄える。

一歩ずつ進んでいる感覚が、私に安心感と充実を与えてくれた。

そうして数日を過ごしているうちに薬草が集まってきた。欲を言えば、貴重な薬草がほしいけど……

「喉が渇いたな……」

一人で過ごしていると、なぜか独り言が増える。

薬草探しもひと段落したので……水を汲んでこようかな。

「コケコケ」

「コッコちゃん、今日も元気だね～お散歩？」

歩いているコッコちゃんに挨拶をしながら、水を汲みに行――

ん？　いや、待って……コッコちゃんは柵の中に入れていたはずでは？

慌てて振り返ると、柵にはいつの間にか穴が開いていた。

コッコちゃんはこちらをチラリと見てから、走り出してしまう。

「ま、待って！　コッコちゃん！」

まずい、まずい。すぐに追いかけないと。

庭園は広い。コッコちゃんを見失ってしまったら……そんなこと、耐えられない。

毎日の卵生活を失うなんて……！

「コケコケ、コケェ‼」

「ま、待って！　コケコケ言ってないで止まって！」

なんで鶏って小さいのにこんなにすばしっこいの。

追いかけるのに精一杯で、手が届かない。これはもう、飛びついて捕まえるしかない。

毎日の卵生活を失う訳にはいかないし、私の癒しはコッコちゃんだけなのだ。

「つっ‼」

コッコちゃんを掴み、そのまま地面をスライドしていく。

「捕まえた！　コッコちゃん」

よかったぁ～捕まえられなかったら、ショックで寝込んでいたかも。

「――おい」

「へ？」

「コケ？」

耳慣れない声が聞こえ、コッコちゃんを掴んだまま顔を上げる。

私はコッコちゃんを追いかけているうちに、綺麗な薔薇園にたどり着いていたらしい。

宝飾品のように綺麗なテーブルと椅子が設置され、ある方が座っていた。

「なにをしている？」

皇帝――シルウィオ様。

彼の憩いの場に……私はコッコちゃんと一緒に飛び込んでしまった？

彼は会った時と変わらぬ無表情で私を一瞥した。

「答えろ」と再度呟き、目を尖らせる。

「なにをしていた」

「コッコちゃんを捕まえておりました……」

「その理由を聞いて……もういい」

私の答えを聞いたシルウィオ様はなにか言いたげであったが、諦めたようにそっぽを向く。

「も、もっと詳細にお答えください……カーティア様」

ふと、小さな声が聞こえた。

シルウィオ様の傍にはもう一人、焦げ茶の髪に綺麗な翡翠色の瞳の美男子が立っていた。身なりを見るに、護衛の騎士だろう。

二人並んで歩けば、社交界の令嬢が黙っていないだろうな。

呑気に考えていると、騎士が私の背を押す。

「すみません。陛下は今、休憩中でして。ご機嫌を損ねぬうちに行ってください」

慌てた様子で「早く、早く」と小さく何度も呟く。

まるで、シルウィオ様から逃げろと言っているようだ。

当のシルウィオ様といえば、またつまらなそうに空を見上げている。

なにを考えているのか、見当もつかない。

しかし、ちょうどいいのでこの隙にさっさと去ろう……と思った時。

「っ!!」

シルウィオ様の座っている椅子の近くに、とある薬草が生えているのが見えた。

簡単には手に入らない貴重な品種で、育てるのも困難な代物だ。

「あ、あの！」

「……」

地面の草を抜かせてください……は流石に失礼か。

とりあえず、まずはこの場にいる許可をもらおう。

「い、一緒にお茶をさせていただけませんか？」

「は？」

「カ、カーティア様。陛下は忙しい方ですので、申し訳ありませんがお引き取りを！」

護衛の騎士が焦った声を出す。

コッコちゃんを抱いたままの私がお茶に同席するなど、非礼だからだろう。

しかし、シルウィオ様にはまだ断られていない。彼はジッと見つめてくるだけだ。

私の手を掴もうとしている騎士の方を向く。

「私は、シルウィオ様に尋ねているのです」

「し、しかし……陛下はお一人で……」

「お願いします。シルウィオ様」

「……グレイン。下がれ」

「よ、よろしいのですか？」

「あぁ……だが、その鳥は引き取れ」

思ったよりもあっさり、シルウィオ様は同席を許してくださった。

グレインと呼ばれた騎士が使用人に私の紅茶を頼み、コッコちゃんを預かってくれる。

「あの……なぜ鶏を？」

「私の好物を毎日くれる子なので」

「コケコケ」

戸惑いの表情を浮かべたグレイン様を放置し、シルウィオ様の対面に座る。

近くで見ると、その顔立ちの美しさに目を奪われそうだ。

だけど……やはりその表情はつまらなそうに、ただ空を見つめていた。

視界には美しい薔薇園が広がっているというのに……

もったいないと、無礼だけど思ってしまう。

「なにかついているか？」

「え？」

「なぜ、俺を見ている」

思ったよりも長い間シルウィオ様を見つめてしまっていたようだ。疑問に思うのも当然だろう。

なにか気の利いたことを言おうと思ったけど、そういった気遣いやおべっかは面倒だ。

だから、思ったままを口にした。

「疑問なのですが、シルウィオ様は感情をあまり出されないのですか？」

「……つまらぬからな。全て」

彼はぽつりと呟いた。

私はなぜかその瞳が寂しそうに見えて、お節介のようなことを言ってしまう。

「そうでしょうか？　お心次第で楽しいことは増えるのですよ？」

グレイン様が真っ青になり、私に口パクで「謝ってください」と囁《ささや》く。

でも、当のシルウィオ様は眉を少し動かすと、興味深そうに私に視線を移した。

「皇帝として生きるためには、不必要な感情だ」

「ですがシルウィオ様。たとえばこの薔薇園は、私の国では見られぬ絶景です。こんなに美しいのに、貴方はまるで雑草を見るようで……」

「枯れゆく存在を愛でることに意味はない」

「だからこそ儚く、尊いのですよ。無駄ではありません」

「……下らん」

「毎日、なにかを楽しむだけでも人生は色鮮やかになっていきます。シルウィオさ――っ!!」

言葉に詰まったのは、突然目の前に銀色の刃が突き付けられたからだ。

シルウィオ様はいつの間にか腰に差していた剣を握り、その切っ先を私へ向けていた。

「それ以上否定するなら、その首を飛ばす」

「へ、陛下。落ち着いてくだ――」

「黙れ、グレイン。……カーティアといったか、俺の考えを否定したこと、謝罪せよ」

この状況にも、私は少しも恐怖を抱かない。

一度人生を終わらせた身だ。失う怖さよりも、好きに生きたい気持ちが私を突き動かした。

「いえ、謝罪はいたしません。日々を楽しむことがなによりも幸せ――これは私の変えられない考えです」

「……」

「時間は有限です。つまらない日々を過ごすなど……私はもったいないと思います。シルウィオ様さえ良ければ、楽しいことをお教えしますよ?」

冗談を交えて笑うと、シルウィオ様の目が一瞬だけ光を見せたような気がした。

向けられた剣は鞘に戻され、グレイン様がホッと息を吐く。

けれど私には最初から殺す気などなかったように思えた。殺すなら返事など待たない。

まるで……怯えるかどうかを試しているようだった。

「政務に戻る。グレイン、カーティアを送ってやれ」

私に視線を向けず、去っていく彼の背に呟く。

「名前、覚えてくださっていたのですね。ありがとうございます、シルウィオ様」

「……」

答えはなかった。

その後、グレイン様が「気を付けてくださいね……」と疲れた様子で送ってくれた。

もちろん、珍しい薬草は忘れずに少しだけ拝借しておいた。

「な、なんですか。この小屋……これが貴方の宮!?」

グレイン様の予想通りの反応は無視しつつ、お礼を言って彼と別れた。

トラブルはあったが、もうシルウィオ様とは会うこともないだろう。

……そう思っていたけど。

次の日、コッコちゃんの柵を直した後、畑に水を与えていると、なぜかグレイン様が訪ねて来た。

「どうしました？」

「あ、あの……陛下がお呼びです。貴方を……茶会に」

え？　そんな……

「断ってもいいですか？」

「き、来てください！　お願いいたします！　本当に！」

にこやかに断ったが、どうやら駄目みたいだ。仕方ないから大人しくグレイン様についていく。

しかし……なにが起こっているのだろうか？

昨日でお話は終わりかと思ったのに、私は再びシルウィオ様と同席している。

ま、まさか！　薬草を勝手に拝借したのがバレたのでは？

少ししか採っていないから大丈夫だと思っていたけど、責任を取る必要があるかも？

よし、逃げよう！

「おい」

「へ？　は、はい」

走り出す準備に入ったところで、シルウィオ様が沈黙を破った。

「なにか話せ」

……は？

なにやらとんでもない要求をされたような。

「は、話せとは。そもそも、なぜ私をお呼びに？」

「貴様が言ったのだろう。教えると」

「あ……」

確かに私は楽しいことを教えると言ったけど、返事はなかったではないですか。

心の中でツッコみつつ、一呼吸を置く。

相手は皇帝、普通の会話の常識が通じる方ではない。

とはいえ……

「私は、自由な時間がほしいので……長くは無理ですよ」

「……貴様」

「睨んでも駄目。怖くないです」

「……」

「シルウィオ様であろうと、私の自由な時間を奪わせはしません。ですが、毎日少しならいいですよ」

まぁ、教えると言っても、私なりの楽しみ方しか伝えられないけれど。

別に私には得にも損にもならないから、断ってくれてもいい。

「……」

「お断りされますよね、それでは」

「わかった」

「へ？」

「それでいい。教えろ」

まさか、私の提案を受け入れるとは……

自分で言ってしまった手前、もう断れない。なにかは話さないと。

「で、では……少々お待ちを」

慌てて自分の小屋に戻り、一冊の本を持ってくる。

やはり、つまらない時間を変えてくれるものと言えば物語のはずだ。

「どうぞこちらをお読みください」

急いで薔薇園に戻り、シルウィオ様へ本を手渡す。

グレイン様がぽかんと口を開けていた。ただの本を持ってきやがった、と思っているのだろう。

しかし、意外にもシルウィオ様は文句を言わず、大人しく本を受け取って読み始めた。

私の蔵書の中でもとっておきの冒険譚だ。男性であればより熱中するのでは？

どのようなワクワクした顔を見せてくれるか……

「つまらん」

「……へ？」

「この者共は、どうして気に入らぬ相手をさっさと殺さないのだ？　これだけ馬鹿にされて、逃げ出すなどあり得ぬ」

「い、いや。シルウィオ様！　主人公が彼女を守るために耐える、感動の場面ではないですか！」

「下らん」

「もう！」

私は椅子を引き、シルウィオ様の隣に座る。

すると、グレイン様は倒れそうなくらい汗を流し、シルウィオ様は目を見開いた。

「おい、誰が隣を許可した」

「なら、もうなにも教えませんよ？　私はそれでも全然かまいませんけど」

「……わかった」

許可もいただいたことだし、私も本を見やすいよう髪をかき上げる。

「まず、この主人公の立場になってください。抵抗すれば家族が殺されてしまうのです」

「構わぬ、気に入らなければ――」

「駄目。この主人公はまだ非力なのですから殺されてしまいますよ。だから耐えているんです」

「……それでは、腹が立つだけだ」

「そうです。腹が立ちますよね。それは、貴方が感情を主人公に投影している証拠ですよ」

「……」

思ったよりも素直に物語を受け入れているらしい。なんだか微笑ましい。

「この主人公の立場で、なにを思い、考えて……どうして耐えているのかをよく考えてください。そうすれば、物語は貴方を引き込む世界に変わっていきますから」

「……下らぬ」

ぶっきらぼうに呟きながらも、シルウィオ様はページをめくる。

言葉と行動の違いに思わず笑いがこぼれた。グレイン様も笑いを耐えて震えている。

「……なにを笑っている」

「いえ……どうやら、続きが気になっているご様子ですので」

「……」

若干不機嫌そうな表情を浮かべつつ、彼は再び視線を本に落とす。

鳥のさえずりが聞こえる中、紅茶の香りが心地よい風に乗って流れていく。

気が付くと、思った以上に時間が経っていた。

「シルウィオ様、私はそろそろ戻りますね」

「これは、どうする」

「読み終えてから、また呼んでください。感想を待っていますからね」

「……」

「わかりましたか？」

「わかった」

素っ気ない返事をして、シルウィオ様は本を持ったまま立ち上がった。

「グレイン、送ってやれ」

「はっ！　皇帝陛下」

「それではまた、シルウィオ様」

「……あぁ……また」

そのまま私はグレイン様と小屋に戻った。

この後は魔法学の勉強でもしようかと考えていたら、グレイン様が呟いた。

「カーティア様、あの本は特別な本なのでしょうか。陛下がお読みになるなんて……」

グレイン様が不思議そうに首を傾げるが、あれは特別な本どころか……

「あれは、ただの冒険譚ですよ。男性が好むような」

「そんな……陛下はそういった類いの本はお読みにならないのですが……」

「心持ちを変えて読むだけで楽しくなるものですから。では、ここで」

「そういうものなのですね」と頷くグレイン様と別れる。

読み終えたらまた会うと約束したけど、忙しいシルウィオ様が最後まで読むかはわからない。

別に読まれなくとも支障はないが、一応……感想は聞いてみたいな。

まぁ、今はただ気楽に待っておこうと考えていたら、残してきた過去の遺物が、私を連れ戻そうとその手を伸ばしてきた。

◇◇◇

シルウィオ様と話をした二日後、私の元に最悪の報告が届いた。

グラナート王国の使者が、シルウィオ様との謁見を許されたというものであり、その内容は「私を返還してほしい」という要望だったのだ。

そしてまさに今、シルウィオ様に謁見しているという。

非常にまずい。シルウィオ様はあっさりと私を引き渡すかもしれない。

なにせ、これは愛なき契約結婚なのだ。

面倒事を避けるため、私を手放す可能性が高いのではないか。

どうする？　強制的に連れ戻される前に逃げ出す？　それとも……

悩んでいる間に、気付けば玉座の間に続く扉の前までウロウロと歩いてきていた。

見張りの騎士が、一応は皇后の私の扱いに困った視線を向けてくるのが少し痛い。

せめて、中の様子だけでも見られないだろうか。

「カーティア様？　こんな所でなにを……」

振り返ると、ジェラルド様が怪訝な顔をしていた。ちょうど玉座の間に入ろうとしているようだ。

「実は……グラナート王国から使者が来たと聞いて」

「私もその件で来たのですが……流石にカーティア様が自ら立ち会うのは……」

「と、私も思っていたのですが！　こういうのは自分の言葉できっぱりと断った方がいいですよね！　さぁ、行かせてください！」

「は!?　え？　カーティア様!?」

やっぱり、迷っているなど性に合わない。私はここを離れたくないと、しっかり告げに行こう。

それが一番、手っ取り早いはず！

ジェラルド様の制止を振り切り、私は玉座の間を突き進んだ。

そこには無表情で玉座に座るシルウィオ様と、その御前に跪《ひざまず》くグラナート王国の近衛騎士団長ギルクがいた。

ギルクの表情は自信に満ちあふれており、シルウィオ様の前でも平然としている。

しかし背後から迫った私を見ると、途端にその余裕は崩れた。

「カ、カーティア様!?」

「お久しぶりですね。ギルク……何用で……いや、挨拶はいらないわね。さっさと帰りなさい」

「なっ……私は貴方のために！」

庇うようにジェラルド様が私の傍へ寄るが、ギルクは気にしない。

「カーティア様、アドルフ陛下のご命令です。ただちにグラナート王国に帰還してください。グラナート王国の貴族として、王命には従っていただきます」

「私はミルセア公爵家を勘当された身です。もう貴族ではないから、従う必要はないわ。帰りなさい」

「私は陛下より命を受けているのです。手ぶらで帰れるとお思いで？」

「なら、帝都に美味しいお茶菓子が売っているからそれを土産にして、さっさと帰りなさい」

私が言い返すと、ギルクは額に青筋を浮かべた。明らかに苛立っている。

あぁ……そういえば、私が王妃だった頃から短気な人だったな。

彼が近衛騎士団の予算を私的に使っているのを指摘したら、それを機に護衛を一人もつけてもらえなくなったことを思い出す。

社交界でわざと丸腰の護衛をつけられたり、ドレスに水をかけられた時もあった。

それも全て、私に恥をかかせ、笑い者にするためだ。

なにが私のため、だ。どの口が言うのか。正直に言うと顔も見たくない。

「カーティア様、私は貴方の身を案じております。祖国を離れ、縁者もいない帝国でお一人で過ごすなど……」

「本当に痴《し》れ者《もの》ね。貴方に守ってもらった覚えはないし、これから守ってもらう気もない。さっさと帰れと言っているの。言葉もわからなくなったのかしら？」

「つく……こ、この！　アドルフ陛下のために下手に出れば。お飾りの妃だったお前ごときが!!」

沸点に達したギルクが、怒声を響かせて私に腕を伸ばした時だ。

「おい……」

たった一言。

それだけで、周囲の雰囲気が一変した。

空気が冷たく張り詰め、ジェラルド様の背筋が伸びる。

声の主――皇帝シルウィオ様は深紅の瞳でぎろりとギルクを睨んだ。

その姿を見て、私には優しく接してくれていたのかもしれないと思う。

鈍感だと自覚している私でさえ、その鋭い視線には身体が震えた。

「先程から、誰に断って俺の妻と話し、触れようとしている」

「っ!!」

『妻』という言葉に、ジェラルド様や帝国の騎士たちは息を呑んだ。

彼が私を妻と認めているとは思っていなかったから、私もぽかんと口を開く。

シルウィオ様の視線を直接受け止めたギルクは震えながら跪《ひざまず》いた。

「も、申し訳ございません。し、しかし我が王の命なのです。どうか、此度《こたび》の婚姻を無効としていただけないでしょうか」

「……」

「対価として、グラナートは帝国との軍事協定を結びましょう！」

「……」

「お、お望みでしたら領土の一部も提供いたします。我が国の騎士団の技術もお伝えできます」

「……」

「く、加えて……グラナート王国から代わりとなる選りすぐりの美女を……」

「……先程から」

一方的に話し続けるギルクに対して、ずっと黙っていたシルウィオ様がようやく口を開いた。

無表情のまま、背筋が冷える程の冷酷な瞳を向ける。

「貴様、誰に許可を得て話をしている？」

「へ……あ！　あの。し、失礼いたしました、皇帝陛下」

「誰が喋っていいと言った」

「も、申し訳ございません！　た、ただ……こちらはカーティア様の御身が必要なのです」

「受け入れぬ」

「ど、どうして……此度《こたび》の提案は帝国にも益があるものです！　カーティア様とは出会ったばかりのはずでしょう、なぜ!?」

ギルクの問いに、シルウィオ様は再び沈黙する。

相変わらずその瞳は虚ろで、なにを考えているのかわからない。

だけど……私を見て、初めて少しだけ頬を緩めた。

「まだ、半分しか読み終わっていないからな」

「……っ!!」

私が読んでくださいと言った本のことを指しているのだと、視線で気付く。

誰よりも今の状況を知っている護衛騎士のグレイン様は静かに笑いを堪えていた。

もちろん事情を知らないギルクは、困惑した表情で口を開いた。

「お、お望みならカーティア様に並ぶ女性をご用意いたしますし、グラナートで一番の実力を持つ私が、皇帝陛下の護衛の役目も引き受けましょう！」

和やかだったグレイン様の表情が、一瞬にして冷ややかなものに変わる。

ジェラルド様も額に手を当て、ため息を吐いた。

ギルクは自身の過ちに気付いていない。

見当違いの提案に周囲が殺気立つ中、シルウィオ様は口を開いた。

「答えよ。我が帝国の宰相が選び、我が信を置く家臣たちが慕うカーティアと並ぶ者とは、誰だ？」

「そ……それは――」

「そして……」

シルウィオ様は座ったまま、片手をギルクに向けた。

その瞬間、骨の砕ける音が響き、ギルクの腕があらぬ方向へ曲がった。

魔法の力により、触りもせずに腕の骨をへし折ったのだ。

「へぁっ!?　あ、あぁぁ!!」

「黙れ」

シルウィオ様は悲鳴を上げることさえ許さない。

周囲は当たり前のように沈黙したままで、身動き一つしない。

その異質な雰囲気にギルクの顔が青ざめていく。

「答えろ。俺にさえ及ばぬ貴様に、どうして護衛を頼む必要がある？」

「あ……あの」

「答えろ。納得のいく答えを出さねば、その首のみを祖国へ送ってやろう」

「あ……あぁ、あの……ッッ!!」

再び、鈍い音が響いた。ギルクのもう片方の腕がベキリと折れる。

それを行ったシルウィオ様は、ただ冷ややかな視線を向けていた。

「黙れ。答え以外、口を開くことは許さん」

「……はっ……はっ」

「答えろ。でなければ貴様と共に来た者も全て……首のみ、グラナートへ送る」

答えられるはずがない。今まさに、圧倒的な力の差を見せつけられているのだ。

数分前まで自信満々だったギルクは、死の恐怖に震えている。その様は不憫にも思えた。

しかし……シルウィオ様は私のため、帝国のために怒っているのだ。無責任に止めることなどできない。

「答えろ、俺の妻に対しての無礼な言動の理由を……貴様のようなゴミに、カーティアと話すことを許した覚えはない」

「……」

「それが、答えか」

本気だった。

シルウィオ様が再び手をかざし、ギルクが死を覚悟したように目を閉じた時、ジェラルド様が声を上げた。

「陛下、お待ちを。殺すのはお控えください」

「……理由を述べろ」

「はっ！　彼らを帰して、我が国は要求を受け入れないことを伝えましょう。こちらの意思を示すには彼らの証言が必要です」

「……わかった。では、今後二度と帝国が舐められぬようにグラナートには相応の報いを与えろ。我が国と……妻を侮《あなど》った罪を許すな」

「……は、はい！　お任せください！　皇帝陛下！」

ギルクは本当に死んだと思い込んだのか、気絶している。彼と共に来ていた他の近衛騎士たちも恐怖で動けないようだ。

帝国の騎士たちが彼らに城外へ出るよう促すと、誰も抵抗せずに従う。

ギルクは骨折の応急手当だけをされて、意識のないまま運ばれていった。

「……」

グラナートに連れ戻されるのは杞憂に終わったけど、新たなシルウィオ様の一面を見た気がした。

皇帝として、アイゼン帝国の顔として、決して侮《あなど》られぬように振る舞う姿は威厳に満ちている。

やはり、私と接する時はかなり優しくしてくれていたようだ。

……とはいえ、シルウィオ様に怯えるつもりはない。

むしろ……私が渡した本を読み終えようとする彼に、微笑ましい感情が浮かんだ。

「では、陛下。私はこれで失礼します」

ジェラルド様が玉座の間から去るようなので、その背中に隠れて私も退室を……

「カーティア」

「へ？」

名前を呼ばれ、思わず返事をしてしまう。

ジェラルド様の背中から少しだけ顔を出すと、シルウィオ様が私を見つめていた。

「すぐに読み終える。大人しく待っていろ」

「……は、はい」

「ジェラルド、送ってやれ」

「しょ、承知いたしました」

ジェラルド様は驚きを隠せない様子ながらも、私を小屋まで送ってくれた。

「カーティア様、一体いつの間に陛下とご関係を？」

「少しだけ、お話しする機会があったのです」

「なんと……私は陛下に長年仕えておりますが、あの方が誰かを気にかけることは初めてです」

なにやら嬉しそうなジェラルド様は、そう言って再び仕事に戻っていった。

その後ろ姿を見送りながら、私はシルウィオ様に思いをはせる。

彼は皇位継承権者や、気に入らない貴族を僻地へ追放したと噂され、恐れられている。

確かに、実際に今日見た出来事は恐ろしかったけれど、約束を守って、不器用ながらも色々と許してくれる姿に、こうも思ってしまうのだ。

それ程……悪い方ではないのかもしれない……と。

少なくとも、私には、だけど。

◇◇◇

ギルクの無礼な謁見から、三日が経った。

グラナートについての続報はなく、私は普段と変わらぬ日常に戻っていた。

まぁ、私はもうあの国を捨てたのだ。気にかける必要もないし、自分から聞いたりはしない。

畑に水をやり、芽の出始めた作物にウキウキして思わず鼻歌を口ずさむ。

コッコちゃんに餌をあげて、もらった卵を使った朝食を食べていると、グレイン様が訪れた。

「陛下がお呼びです。全て読み終えたと……と」

「わかりました」

伝言の通り、あの本を読み終えたのだろう。

約束を果たすため、私は再びお茶会に参加する。迎えに来たグレイン様は不思議そうに私を見つめた。

「あの……な、なにかついていますか？」

「い、いえ。その……陛下と仲を深めた秘策を、お聞きしたくて……」

「秘策？」

「陛下は人を寄せ付けぬお方、恐らく陛下の隣に座った方は今まででカーティア様だけです」

グレイン様の言葉に、方法などあったか考えてみるが、なにもした覚えはない。

「私は、普通に接していたつもりです」

「怖くはないのですか？　帝国の令嬢は陛下を恐れて近づきさえしませんよ」

確かにシルウィオ様の瞳はとても冷たくて、突き放すような言動は近寄りがたいだろう。

でも、私には彼が怖いとは思えない。

「怖くありませんよ。意外と素直な所もありますし、可愛いじゃないですか」

「か……かわ……？」

グレイン様は絶句したかと思うと、「そういう所を気に入っておられるのか……」とブツブツ呟いて一人の世界に入ってしまった。

そのまま薔薇園にたどり着くと、シルウィオ様は既に椅子に座って待っていた。

「お待たせいたしました、シルウィオ様」

「座れ」

そう言われ、彼の対面の席に座ろうとすると、シルウィオ様が自身の隣の椅子を引いていた。

少し残念そうに無言で椅子を戻す姿を見れば、やはり恐怖など感じる方が難しい。

「ふふ、隣に座りますね」

「……好きにしろ」

隣に座ると、彼は持っていた本を私に手渡した。

折り目などはついていないし、丁寧に扱ってくれたようだ。

「どうでしたか、最後まで読んでみて」

「……くだらぬ物語だ」

「でも、この短期間で最後まで読んでしまう程、熱中していたようですね」

「……興は引かれた。それだけだ」

まったく、素直じゃない。彼の目元にほのかにクマがあるのが、隣に座るとよく見える。

続きが気になって、夜中まで読んでいたに違いない。

「シルウィオ様、お気づきになりましたか？　この本の終盤で主人公が意中の女性に告白するのは、ここから見える薔薇園のような所ですよ」

「……」

黙ったままだけど、シルウィオ様の視線は確かに薔薇園に注がれた。

きっと、苦難を乗り越えて薔薇園で告白した主人公に思いをはせたのだろう。

以前は雑草を見るかのようだった彼の視線は、色鮮やかな光景に釘付けだった。

「わかりますか？　知ることで、見える景色は変わるはずです。もちろん、考えることも」

「……」

私は立ち上がり、黙ったままの彼の手を握った。

グレイン様が慌てふためき、シルウィオ様も目を見開いたけど、構わずに手を引く。

「薔薇園をもっと近くで見に行きましょう」

「へ、陛下……」

グレイン様は私の身を案じたのか、シルウィオ様の様子を窺《うかが》う。

しかし、当の本人は意外にも素直に立ち上がってくれた。

「グレイン、待っていろ。二人で行く」

「へ？　は、はい！」

グレイン様をその場に残し、私とシルウィオ様は薔薇園の中に設けられた道を歩く。

心地よい香りと鳥のさえずりの中、色とりどりの薔薇が私たちを歓迎してくれているようだ。

彼は黙ったままだったけど、興味深そうに周囲を見渡していた。

そのままたどり着いた薔薇園の中央で、私は彼の両手を握って笑いかけた。

「私ね、貴方に会えて……幸せだよ」

「……」

シルウィオ様は黙ったまま、私を凝視《ぎょうし》する。

あ、あれ？　思っていた反応と違う。笑ってくださると思ったのだけど。

「あの本のセリフです。同じような薔薇園の中で、このセリフ……どうでしたか？」

「……」

シルウィオ様はなぜか、私を見つめて黙りこくっている。

相変わらず、考えが掴めない人だ。

「あの物語、彼女のその後を描いた本もあるんですよ。それに他にもおすすめが沢山……」

「……政務に戻る。帰りはグレインに送らせよう」

私の言葉を遮り、シルウィオ様は踵を返す。

彼は離れた手を見つめた後、こちらには顔を見せずに問いかけた。

「カーティア、明日も会えるか？」

「え？　はい……もちろん」

「……また、呼ぶ」

去っていくシルウィオ様を、やはり私は怖いとは思えなかった。

視線は鋭くて冷たい印象があるけど、私には素直で優しい方に見える。

なにより、カーティアとまた呼んでくれたことが……少し嬉しかった。

帝国の種　シルウィオ side

物心ついた時から、俺は笑みを浮かべることを禁じられていた。

『シルウィオ、貴方は必ず皇帝になるのよ。侮《あなど》られては駄目、舐められてもいけないわ。皇帝として、誰かに情を抱く必要などないの』

『はい、母上』

今でも覚えている母の言葉は、お前は皇帝になるのだと、そればかりだった。

全ては俺のためだと。

『シルウィオ、貴方……男爵家の子供に話しかけられたそうね。次からは無視しなさい。真の皇帝は、そのような者は相手にしないの』

『はい、母上』

『低俗な本など読んでは駄目よ、捨てなさい。それと、貴方付きの使用人は全て解雇するわ。気安く貴方と話すなんて無礼だもの。いいわね、シルウィオ』

『はい……母上』

『不必要に笑っては駄目よ。皇帝として、常に威厳を保ちなさい。感情なんて必要ないの』

『……母上』

……俺のため？

『私の言う通り、皇位継承権を持つ者を全て追放したようね。よくやったわ、シルウィオ……これで、誰もが貴方を皇帝と認めてくれるわ』

『あぁ……母上』

いや、母は俺を見ていない。

見ているのは、皇帝の母という存在への憧れだ。

そして、母の憧れが叶うことはなかった。

『残念ながら、お母上様のお食事に毒が盛られていたようです。もう長くはないかと……』

『……わかった』

毒に苦しむ母の姿は今でも思い出せる。

青白い顔で、寝台の近くに座った俺を睨みつけていた。その瞳には憎しみが浮かんでいる。

『シルウィオ……あ、貴方が……不完全だから。追放した者に恨まれて毒を盛られたのよ』

『……』

『不完全な、あ、貴方など産まなければよかった。そうすれば、私はもっと生きていられれ……たの……に』

もがき苦しみ、血と怨嗟《えんさ》の声を吐く母の姿を……もう見ていられない。

せめて……俺の手で。

『母上、どうか苦しまずにお眠りください』

『貴方は……失敗作よ』

『……それでも、貴方は俺の愛する母でした』

『あ……あぁ……ぁ！』

母の胸に短刀を突き刺し、引き抜いた。血が溢れ、俺の両手は赤く染まる。

母の断末魔を聞きつけた文官たちが駆け込んできたが、悲鳴を上げて逃げ出した。

息絶えた母の姿を見ても不思議と悲しみはなく、涙も流れない。

俺が不完全だったから、皇位継承権争いに巻き込まれた母は死んでしまったのだ。

その事実だけが俺の心を打ちのめし、せめて弔いのため、母の望む姿であろうとした。

誰に怖がられようとも、恐れられようとも、恨まれようとも構わない。

もっと……もっと感情を殺せ。

笑うな、情を持つな、頼るな、油断するな、侮《あなど》られるな。

皆が俺を恐れれば、つまらぬ争いで……もう誰も死ぬことはない。

俺は……臣下と民のため……皇帝として生きていければいい。

それ以外、全て不要だ。感情を殺して生きていく。

そう決意すると、皇帝という華やかな立場とは裏腹に日々は灰色にくすんだ。

『こ、皇帝陛下……も、申し訳ございません！　陛下の前を歩くなど、とんだ非礼を……』

つまらぬ。

『私が皇帝陛下の隣に座るなど、畏れ多い愚行でした。申し訳ございません！』

くだらぬ。

『皇帝陛下とお話……そ、そんなこと、できるはずがありません！』

どうでもいい。

『も、申し訳ございません！　皇帝陛下のお召し物と色が被ってしまいました……お、お許しを』

連れ歩く者などいらぬ。俺は一人でもいい。

皇帝として、これが俺の生きる道と決めたはずだ。

なのに……

『初めまして、シルヴィオ様。カーティアと申します』

『い、一緒にお茶をさせていただけませんか？』

『いえ、謝罪はいたしません。日々を楽しむことがなによりも幸せ――これは私の変えられない考えです』

つまらぬ人生に納得していたはずだったのに。

どうして、お前は俺を見る？

なぜ、名残惜しくお前の名を呼んでしまう？

『私ね、貴方に会えて……幸せだよ』

なぜ、その笑顔が色づいて見える？

くだらぬはずなのに、今は夜が明けるのが……待ち遠しい。

悲願の花・二　アドルフ side

カーティアが帰還すれば、我が国の混乱はすぐに収まる。そう考え、ギルクを帝国に送り出した。

しかし……ギルクは見るも無惨な姿に変わり果てて帰還した。

我が国でも選りすぐりの実力を持つはずの彼が、両腕を骨折し、恐怖で怯えている。

なにがあったのか、その報告すらもできない程の恐慌状態だ。

「ギルクと共にアイゼン帝国へ向かった者を集めろ。なにがあったのか報告させる」

呼び出した同行者たちも、誰もが似たような反応を示した。

その中でも比較的冷静な者から順に経緯を聞いて、背筋が冷えた。

「帝国の皇帝が……ギルク団長を……あ、あぁぁ！　う、腕が突然へし折れて……」

言動から伝わってくる帝国への恐怖を、玉座の間にいた全員が感じた。

きっと、これが狙いなのだろう。

アイゼン帝国にはカーティアを渡す気がないという意志表示なのだ。

加えて、ギルクが犯した非礼の対価として、謝罪金の請求状が届いていた。

額にして国家予算一年分、支払い猶予はたったの三ヶ月。

支払えなければ、グラナートの三割以上の領土をもらい受けるという。

ふざけた要求だ。……これは、我が国を愚弄しているに等しい。

「すぐに軍を集めろ！　脅してでもカーティアを取り戻せ！」

「そ……そんな……無理です！　俺たちはもう、帝国になど行きたくない‼」

「黙れ！　傷が治ればすぐにでも……帝国へ――」

「あぁ！　嫌だぁあぁ！」

突然、ギルクが泣き叫びはじめた。

出国前は誰よりも自信に満ちていた彼が、折れた腕で地面を這いずってまで逃げ出そうとする。

帝国の皇帝は、それ程までに恐ろしい存在なのか。

「くそっ‼　もういい。俺が別の案を考える。帝国には必ず、カーティアを返還させる！」

あの女が帰り、混乱を収めるはずだったのに。

むしろ、状況が悪くなっているではないか。

「くそ……今日はもう休む。あとはレブナンに任せる」

「レブナン様は現在……ミルセア公爵に会いに出かけておられます」

「……すぐに連れ戻し、最善策を考えろと伝えろ！」

この一大事に席を外していたレブナンに苛立ちつつ、自室に入る。

時刻はまだ夕刻だが、俺は気分を落ち着けようと目を閉じた。

だが、見えたのは瞼の裏でなく……再び、どこか見覚えのある光景が見え始めた。

◆◆◆

『へ、陛下！　もう……我が国は終わりです……！』

地を覆いつくす程の大軍が、王城を取り囲むように進軍してくる。

『……どうにか……できないのか？』

『……恐らく、なにも……』

打開策などあるはずない。ただ、君を失った後悔だけが胸を満たす。

君がいない今、こうなるのは必然だったのだ。

『……カーティア』

城への侵攻は止められない。我が国はここで潰えるのだ。

全てが蹂躙《じゅうりん》されるこの状況を作ってしまったのは、紛れもなく……

『……俺の責だ』

◆◆◆

「っ……!!」

まただ。この酷く現実感のある幻覚は、一体なんなのか。

「……」

外を見ると、外はもう真っ暗になっていた。幻覚を見ながら眠ってしまったらしい。

やはり単なる夢なのか…？

悪夢のせいか、気分が悪い。安らぎを求めて、ヒルダの下へ向かうことにした。

道中、気まぐれで通りかかった部屋から文官たちの声が漏れ聞こえてくる。

「陛下の横暴にはうんざりだ。このままでは我々は過労で死んでしまうぞ」

「おい、声が大きいぞ。気を付けろ」

「お前だって思っているだろう。我々が冷遇していたカーティア様こそ、この国を支えていた方だったのだ。陛下はそれを理解していない。お飾りなのは陛下の方だ」

「まぁ……否定はしないが」

俺が……お飾りの王だと？　ただの文官にさえそう思われているのか？

「俺はもうこの国を出て行くと決めた。貴族たちも外国からの対応が露骨に変わったことに気付いて、陛下に不信感を抱いていると聞く。この状況で帝国を敵に回すなど、馬鹿げている」

貴族の間にも不信感は広がっているだと……？

『このままでは』

また聞こえた幻聴に、嫌な予感が胸を満たした。

カーティア……あいつがいれば、違うのか？

全てをカーティアに任せ、怠惰に暮らしてきたツケが回ってきた。

家臣たちは俺に不満を抱いている。

あいつがいなくなった瞬間から全てが狂い出して……長く続いた王家が傾き始めているのを感じた。

やはり……この混乱を収めるには、あいつを連れ戻さなくては。

そのためにも、アイゼン帝国にはカーティアの代わりを差し出さなくてはならない。

公爵家の令嬢を幾人か見繕えば満足するだろうか。交渉材料を模索しなくては……

いや……待て。そもそも、あの女が廃妃を望んだのは、俺が原因ではなかったはずだ。

俺の知らないうちに使用人たちに冷遇されて不満が募《つの》ったのがきっかけではなかったか？

なら、再び愛してやると伝え、側妃にでも迎えれば、きっと喜んで戻ってくるのでは？

そういえば、そもそもなぜカーティアは冷遇などされていたのだ。

確かに俺はあいつの死さえ望んで遠ざけはしたが、冷遇するような指示は出していない。

寵愛《ちょうあい》を失っても、立場は王妃……侍女たちが処罰も恐れず、あんな扱いができるだろうか。

なにかを見逃しているような気がする。

俺ですらカーティアの冷遇を知らなかったのに、それを知っていた人物が……近くにいたような。

「あら、アドルフ……来てくれたのね」

思考を重ねるうちに、いつの間にか俺はヒルダの居室に足を踏み入れていた。

「どうしたの？　アドルフ」

「あ、あぁ……実はヒルダに聞きたいことがあって」

「そんなの、後にしましょう。来てくれて嬉しい。ほら……一緒に夜を過ごしましょう」

『その女から離れ――』

ヒルダの香りで頭がいっぱいになって、思考がまどろむ。いつもの幻聴が聞こえた気がしたが、なにを言っているのかはわからなかった。

淫靡《いんび》に微笑む彼女の美しさに……考えることが面倒になった。

あぁ。やはり……ヒルダは本当に美しい。それしか、感じない。

「貴方はそのままでいいの。さぁ来て」

「……わかったよ、ヒルダ」

俺を寝台に押し倒し、腰の上に跨がりながら彼女は耳元で囁《ささや》く。

美しい彼女といれば、悩みも心配も、なにも考えないでいられる。

「大丈夫。なにも考えなくていいわ。貴方はずっと、そのままでいてね？　あの女がいなくなって……ようやく始まったの。連れ戻す必要なんてない、消えてくれた方がいいのよ」

な……にを、言って……

第三章　過去の遺恨

「んー!!　いい天気！」

雲一つない晴天の下で大きく伸びをする。

畑作業も終わり、自由な時間ができたから、今日は魔法学でも学ぼうかな。

「ココ、コケ！」

そういえば、コッコちゃん、外に出たいの？」

毎日卵を産んでくれるこの子に健康でいてもらうためにも、散歩をさせた方がいいかもしれない。

私自身の健康も考えると運動は大事だ。

鶏に散歩させる意味があるのかは知らないが、まぁ、今日の予定はこれで決まりだ。

「ほら、コッコちゃん。紐をつけさせてね」

歩くのに邪魔にならないように気を付けてコッコちゃんの足元に紐をくくる。脱走の前科があるのだから仕方がない。

柵の外に出すと、元気に駆け回っていく。やはり散歩できるのが嬉しいのだろうか。

「今日はコッコちゃんの好きな所に行っていいからね」

「コ、ココ」

まさか、鶏を散歩させながらアイゼン帝国の皇城の庭園を歩く日が来るなんてね。

廃妃にもなってみるものだ。人生はどう転ぶかわからない。

「カ、カーティア様。今日は……なにをしているのですか？」

「ふふ、コッコちゃんのお散歩です」

庭園を歩いていたら、庭師がコッコちゃんを連れた私を見てぎょっとしていた。

彼をはじめ、この城内では多くの人と顔見知りになった。

掃除人は驚きつつもにこやかに挨拶をしてくれるし、文官たちはお菓子をくれたりする。

グラナート国と違って優しい人ばかりだけど、なんだか子共扱いをされているような……

そう考えつつ散歩を続けていると、ジェラルド様がやって来た。

「カーティア様、ここにおられましたか……な、なにをしているのです？」

「へ？　コッコちゃんのお散歩です」

「コッケケ」

「ふ、ふはは……あの方が気にされる訳ですね」

「？」

意味深な言葉だ。真意を尋ねようとしたが、ジェラルド様が先に言葉を続ける。

「ところで、カーティア様はお好きな菓子などはありますか？」

「い、いきなりなんですか？」

「どうか、お答えを」

「え……っと。ショートケーキが好きです。最近は食べる機会がありませんが」

「ありがとうございます。それと……今聞いたことは忘れてくださいますよう、お願いいたします」

？？？　なにを言っているのだろうか。

ジェラルド様は謎の質問を聞くだけ聞いて去ってしまった。

なんだというのだろうか。

まぁ、いいか。そろそろコッコちゃんのお散歩も終わりにしよう。


小屋に戻ると、扉の前でウロウロと歩き回る人物がいた。グレイン様だ。

「グレイン様、どうされました？」

「あぁ！　ここにいらしたのですね……よかったぁ」

「？　私をお探しでしたか？」

「え、えぇ。ところでなにを……して……」

彼の視線は紐でくくられたコッコちゃんへ注がれる。

それに反応するようにコッコちゃんは「コケコケ」と彼の靴をつついていた。

「コッコちゃんのお散歩です」

「……」

目を丸くした彼は私とコッコちゃんを交互に見ながら、「陛下が気にされる訳だ……」とブツブツ呟いている。

ジェラルド様といい、今日はおかしな来客ばかりだ。

「それで、なにかご用ですか？　グレイン様」

「そ、そうだ。お聞きしたいことが……カーティア様、お好きな飲み物を教えてくださいませんか？」

「？　紅茶ですかね。……ミルクをいれて飲むことが多いですが」

「ありがとうございます、とりあえず……間に合いそうです」

「ジェラルド様といい、グレイン様といい、一体なんですか？」

「いえ、この質問はお忘れください。それと、私のことはどうぞお気軽にグレインと。カーティア様は皇后ですから」

そう言い残すと、グレインはさっさと行ってしまった。

私の頭の中は疑問だらけだ。

なんだろう、この国では定期的に好きな物を聞く催しでもあるのだろうか。

そんなことを考えつつ、私はコッコちゃんを柵の中に戻した。

その後は魔法学書を読んで時間を過ごしていると、再びグレインが訪れた。

「カーティア様、度々申し訳ございません。陛下がお呼びです」

「はい、わかりました」

おすすめの本を数冊持ち、いつもの薔薇園に向かう。

そこには相変わらず無表情で空を見つめるシルウィオ様がいた。

でもいつもと違って、椅子がシルウィオ様の隣にしか用意されていない。

「お隣、座りますね」

「あぁ」

彼はもう抵抗もなく受け入れて、私が席につくとグレインに視線を移した。

「そういえば……余った茶と菓子があるだろう。出してやれ」

「はい」

指示が飛ばされ、給仕が運んできたのは、苺のショートケーキにミルクティー。

余ったという割にはケーキはホールで、ミルクティーは淹れ立てのようにあたたかい。

これって……

「シルウィオ様？」

思わず頬が緩み、シルウィオ様を見ると、彼は視線を逸らした。

「知らん」

「まだなにも言っておりませんよ？」

「……」

「ふふ……直接、聞いてくださってもよろしかったのに」

「いいから、さっさと食え」

シルウィオ様は不器用な人だ。そんな所が、少年のように思えて微笑ましい。

「ふふ、嬉しいです。いただきますね」

ケーキを食べる間、シルウィオ様がジッと見つめてきて少し落ち着かない。

二人で薔薇園を回った日から、彼の態度はぐっと柔らかくなったように思う。

この好待遇。きっと……おすすめした本がよほど面白かったのだろう。

それにしても、ホールケーキは一人で食べきれる量じゃない……だから。

「はい、シルウィオ様も」

「っ!!」

ケーキを一口分、フォークに刺して彼に向ける。

こんなに見つめてくるんだもの、食べたかったに違いない。

「さぁ、どうぞ。美味しいですよ」

「……」

彼は無言のまま、素直にケーキを口に入れた。

「美味しいですか？」

「……あぁ」

ぶっきらぼうに答えた彼に、自然と微笑んでしまう。

帝国に来て……幸せだと、確かに感じた。


そんな平穏で心温まる時間を過ごした翌日。

突然……庭園を離れなくてはならない事情ができた。

「い、一日……小屋を離れなければならないのですか⁉」

「申し訳ございません、カーティア様」

ジェラルド様に告げられたのは、庭園の点検のために小屋を離れてほしいということだった。

なんでも一年に一度、城内の安全のために警備の点検を行っているらしい。

庭園に毒草を植えたり刃物を隠したりと……過去に物騒な事例があったらしく、一日かけて丁寧に調査するそうだ。

「カーティア様にはご負担をかけてしまいますが、安全のためとご理解いただければ」

「いえ、私は使わせてもらっている側ですから、大丈夫です」

「ありがたきお言葉です！」

仕方がない。一日ぐらいは我慢できる。

小屋を離れる間はこちらでお過ごしくださいと言われた部屋は広く、豪華絢爛《ごうかけんらん》だった。

装飾がキラキラと光を反射していて、少し落ち着かない。

「………」

いや、なによりもやることがない！

庭園では畑作業や薬草探しなど、やることが尽きないが……ここでは読書ぐらいしかできない。

しかも、持っている本はとっくに読みつくしてしまった。

「よし、散歩しよう」

仕方ないので、ぶらぶらと城内を散策することに決めた。

なにか暇を潰せるものがないかと、廊下を見回っていた時、不意に背後から声が聞こえた。

「カーティア」

聞き慣れたその声に振り返ると、シルウィオ様が私を見ていた。

「なにをしている」

「暇だったので、散歩をしておりました」

「……来い」

急に手を取られて、そのまま連れて行かれる。

向かった先は彼の執務室で、椅子に座らされた。

「あまり一人でうろつくな。暇ならここにいろ」

「でも、城内を見て回りたくて」

「なら、まずは俺を呼べ」

あれ？　これって少し遠回しな言い方だけど、もしかして。

「心配してくれているのですか？」

「……」

無言のまま視線を逸らすのは、肯定と受け取ってもいいのだろうか。

心配してくれる人なんて久しぶりだ……冷遇されていた時は、そんな人いなかったから……

嬉しいと素直に思う。

「……」

「どうしました？　シルウィオ様。そんなに私を見つめて」

「……あの時の」

「？」

「お前が言っていた、あの……」

言いよどむ彼がなにを伝えようとしているのか、言葉の続きを待っていた時だった。

執務室の扉が勢いよく開き、グレインが笑顔で入ってきた。

「陛下！　命令通りに見つけてきました！　前にカーティア様が言っていた茶菓子の美味しいお店の場所がわかりました。外で共に歩くためのお召し物も用意しまっ……あ……っ」

「……」

意気揚々と報告にやって来たグレインは、私がいることに気付いて青ざめていく。

シルウィオ様は俯き、私から視線を逸らした。

「シルウィオ様」

「……聞くな」

「駄目。こっち見てください」

ちょっと強めに言うと、彼はゆっくりと顔を上げる。

いつもの無表情なのに、どこか気恥ずかしそうに見えるのは気のせいだろうか。

「前に、私が言っていた茶菓子のお店に一緒に行きたいのですか？」

「……」

「答えて、シルウィオ様」

「…………あぁ」

コクリと頷く彼に、思わず笑みがこぼれる。

前にギルクを追い出した時、美味しい茶菓子の店があると言ったのを覚えていてくれたのだろう。

私はその茶菓子を使用人にもらって知ったのだけど、まさか探してくれていたなんて。

更に、一緒に行くための用意まで……

彼なりに、私と仲を深めようとしてくれているのだと気付いて、なんだか少し可愛く思えた。

「では、一緒に行きますか？」

「……あぁ」

本来ならば、使用人に買ってきてもらうのが一番だけど……

一緒に行きたいと言っているなら、断る理由もない。

シルウィオ様と私がお忍びで帝都に出ると聞いて、城内は騒然とした。

慌ただしく準備が始まり、ジェラルド様が飛ぶようにやって来た。

「城内と違って危険もあるかもしれませんので、陛下からは離れないでくださいね」

「大丈夫です！　絶対に離れません！」

心配そうなジェラルド様に返事をしつつ、服装を選ぶ。

侍女とも相談し、私は装飾の少ないシンプルな白いワンピースを着ることにした。

シルウィオ様は真っ黒の外套をまとっている。

フードをかぶって顔がわからないようにしているのは、帝都の民に顔が知られているからだろう。

「ワンピースなんて久しぶりです。どうですか？」

「……」

「ちゃんと見てください、シルウィオ様」

「悪くない」

ぶっきらぼうに呟く彼に、思わずニヤニヤしてしまう。

二人で歩き出すと、彼は視線を逸らしながらも足幅を私と揃えようとしていた。

若干、下を見ながらで、ぎこちなさが伝わってくるけど。

「私に合わせてくれるのですね」

「ジェラルドに聞いたら……そうしろと……」

シルウィオ様はエスコートの方法まで尋ねていたらしい。ジェラルド様の驚く姿が想像できる。

「ふふ、じゃあ行きましょうか」

「あぁ」

しかし……城の玄関まで来ても、皇帝夫妻の外出だというのに護衛が一人も見当たらない。

シルウィオ様はもちろん強いけど、それにしても不用心ではないだろうか。

「なにをしている。行くぞ」

「は、はい」

結局は二人きりのままで帝都に出ると、やはり人は多く、混雑していた。

歩くのに苦労するかと思ったが、なぜか人波が自然と割れて道が作られていく。

不思議だが……これなら茶菓子の店に案外早く着くかもしれない。

久々の外出に高揚して周囲を見渡していると、シルウィオ様が私をジッと見つめていた。

「どうされました？」

「あまり、離れるな」

「あ……ごめんなさい」

ピタリと肩を寄せたら、彼が少し微笑んだように見えたのは気のせいだろうか。

こうして二人で店へと向かい、あと少しで到着といった、その時。

……それは突然起こった。

私は人混みの中、少し離れた位置から顔をフードで隠した男がこちらを見つめていることに気が付いた。

やけに見られているなと、視線を向けた時、男がなにかを懐から取り出した。

その手には銀色に光る刃が握られており、男はシルウィオ様を睨みながら、その腕を振りぬいた。

投げられた刃は、真っ直ぐに飛んでくる。

――私の方へと。

これ……避けられな……

「グレイン、止めろ」

シルウィオ様が呟くのと同時に、私の前を歩く人物がその刃をあっさりと受け止めた。

その光景でようやく私は気付く。

自然と人が避けて、道ができたのではない。民に扮した護衛が私たちを囲っていたのだ。

まさか皇帝夫妻を二人だけで外出させる訳がなく、万全の警備をしていたようだ。

そして、刃を止めてくれたのはグレインだった。

驚く私に対して、シルウィオ様は平然としている。

「狙う理由、共謀者を全て暴け」

「承知いたしました、陛下。こちらは気にせず、お楽しみください」

グレインはそう言い残すと、私を狙った人物を掴んで一瞬にしてこの場から姿を消した。

先程は執務室にノックもせずに入ったことで落ち込んでいたグレインだけど、シルウィオ様の護衛騎士としての実力は確かだった。

「怖くないか？」

「は……はい」

「お前を傷つけさせはしない。安心しろ」

そう言って、シルウィオ様は私の肩を引き寄せた。

その腕の力強さと、自信に溢れた声に胸が高鳴る。

こういう時は不器用な彼から皇帝としての彼に戻るのだから……ずるい。

しかし、どうして私が狙われたのだろうか。

皇后として、まだ顔はそれ程知られていないはず。

理由も素性もわからないけど、あの男のことは許さない……うん、絶対に。

私の幸せを奪おうとしたし……そしてなにより。

シルウィオ様との時間を邪魔されたことに、腹が立った。

グレインの仕事が恐ろしく早かったおかげか、騒動は周囲には気付かれなかった。

それ以上の邪魔は入らず、私たちは無事に目当ての店で茶菓子を買い終えた。

城へ帰還する道中、路地裏からグレインが出てきて報告する。

「陛下、申し訳ございません……捕えた者が、陛下と話がしたいと言っておりまして……」

「話す必要があるのか？」

「元皇位継承権者の一人でした。陛下と話ができないなら、舌を噛み切ると」

皇位継承権者の一人……と言えば、僻地へ追いやったシルウィオ様の異母兄弟の誰か？

最近聞いたことだけど、前皇帝は一夫多妻で多くの子をもうけた。

そのため、皇位継承権争いは激しかったと聞く。恨みを持つ者も中にはいるのだろうか。

「……カーティア、少し待てるか？」

その言葉は私に待っていろという意味だろう。だけど……私は首を横に振った。

「いやです。私、貴方と一緒の時間を邪魔されたことに苛立っているので」

「……っ!?」

シルウィオ様の言葉を遮り、私はグレインが出てきた路地裏に足を踏み入れた。

私と彼の時間を邪魔した者へ、言いたいことも聞きたいことも沢山ある。

人気のない路地裏を進めば、縛られた男性がいた。

彼は、私の後ろから共に入ってきたシルウィオ様を見た途端に叫ぶ。

「お、お前！　殺してやる！　俺を僻地に追いやりやがって！　くそっ!!」

「そんなことはどうでもいい。なぜ妻を狙った」

「配下を城内に忍ばせ……お前が最も苦しむ方法をずっと探してきた。母親が死んでも響かぬお前だが……そこの女をやけに大切にしていると聞いて、狙ったまでだ」

「……グレイン……首を飛ばせ」

「能天気に過ごしやがって！　お、俺は、お前のせいで……あんなところで過ごすはめになった。皇帝になるのは俺のはずだったのに。俺なら、俺ならもっとうまく……」

あぁ、やっぱり駄目だ。聞いていて無性に腹が立ってきた。

「黙って聞いていれば、先程から……なにを言っているのですか、貴方は」

私の冷ややかな声に、シルウィオ様もグレインも目を見開く。

縛られた男は私に言われて悔しいのか、顔をしかめてこちらを見た。

「お、お前は……黙っていろ！」

「嫌でーす！　シルウィオ様を苦しめるために私を狙った？　結局、彼に立ち向かうのが怖かっただけでしょう？　みっともない言い訳ね」

「ち……ちが……」

「いいえ、違わない。グレイン、この人がどうして僻地へ追放されたか、理由を教えて」

驚きで言葉を失っていたグレインは、私の問いに慌てて答えた。

「皇位継承権争いを優位に進めようと、帝国の予算を横領し、貴族へ横流ししていたのが理由です。証拠も揃っていました」

「確かに俺は罪を犯したが……それは真の皇帝たる俺が選ばれるために仕方なくやったことだ！　俺が皇帝になれば、この国をもっと豊かにできた！　それを、こいつが妨害したのだ！」

「本当に……痴《し》れ者《もの》ね」

あぁ……こうやって都合よく、言い訳がましく自分を正当化する人には腹が立つ。

私を冷遇してきた者たちや、あのお飾りの王を思い出すから。

「き、貴様になにがわかっ――」

「黙りなさい。不正を行うような心の弱さも含めて、貴方の実力でしょう？」

「な――」

「結局、貴方は正々堂々と戦う勇気もない小物なの。不正を行う心や、私を狙う卑劣さ……その矮小な性根で皇帝になれると思っているの？」

「貴様に、なにがわかる！　僻地に……なにもない農地に追いやられた俺の気持ちが！」

こうやって本当のことを言われたらすぐに激上するのも小物の特徴かしら。

なんだか、ギルクを思い出して気分が悪い。

「あぁ、一生わかり合えないかも。私から見れば農地は天国ですし……なにより、生きているだけで充分じゃないですか」

「気高き皇帝の血を継いでいる俺が！　あんな所で……」

「その気高い貴方は、この国にいったいなんの利益をもたらしたのです？　むしろ横領なんてして、国を食い潰すような真似しかしていないじゃない」

「っ‼」

図星を刺された男はなにも言い返せないようだ。私は畳みかける。

「貴方が駄々っ子のようにごねている間、シルウィオ様は帝国の権威を守っていたのです。他国が今でも、帝国との関係を良好に保とうとするのはシルウィオ様の力です」

まぁ、どことは言わないが、馬鹿な一部の例外国家を除いてだけど。

「ただ文句を言うだけで……俺の方が相応しいなどと、どの口が言えたのかしら？」

「……」

「シルウィオ様は悪くない！　貴方ごときが逆恨みしていいはずがない！」

私は、シルウィオ様が悪い方だとは思えない。

お母様を失い、感情をなくしても、彼は皇帝として振る舞っていた。

きっと、私には想像もできない苦労があったはずだ。

そんな彼に、一方的に恨みをぶつけるなんて許されない。

「カーティア」

激情に駆られる私を、シルウィオ様が名前を呼んで制止してくれた。

「シルウィオ様、口をはさんですみません」

我に返って謝ると、シルウィオ様に手を握られた。指を絡めて……離さぬように。

……その頬はなぜか緩んでいるように見えた。

「グレイン、後は任せた。その者と協力者には裁きを……俺はカーティアと二人で戻る」

「承知いたしました！　後はお任せを」

歩き出すシルウィオ様に連れられて、再び王城へ歩き出す。

彼は手を握ったまま、私にそっと話しかけた。

「俺のせいで……お前を危険な目に遭わせた」

「言っておきますが、あれは逆恨みですから、貴方のせいじゃありません！　私が保証いたします。

貴方は……悪くなんてない」

「……ありがとう、カーティア」

「え？」

小さな声だったけど、シルウィオ様がお礼を言った。

嬉しそうに口角を上げ、握った手にきゅっと力を込めている。

その姿を見て、過去のしがらみから少しでも解放できたのかもしれないと思えた。

その日から、彼は私により優しくしてくれた。

しかし……彼と同様に、私にも過去に残してきたしがらみが迫ってきていた。

◇◇◇

帝国での生活が始まって数ヶ月が経ち、グラナートでの日々も忘れてきた頃だというのに、あの国に残してきた厄介な者が城を訪れた。

突然、ミルセア公爵《元・父》が来訪したと騎士から報告を受けたのだ。

「娘を返してほしい」と、頷けるはずのない要求を口にしているらしい。

「はぁぁぁ……面倒な人」

大きなため息が漏れる。

「娘に会わせろ」と喚くミルセア公爵は、皇后である私と血縁上は親子である。

城内の方々も無下にはできず、対処に困っているようだった。

追い返せそうなジェラルド様は現在城を離れており、シルウィオ様は会議の途中だ。

身内の問題で手を煩《わずら》わせる訳にはいかないので、私が対応することに決めた。

形式的に一度でも会えば、追い返す言い分は成り立つだろう。

「さっさと帰ってもらいましょうか」

「カーティア様、御身はお守りします」

「ありがとう、皆さん」

数人の護衛騎士を連れてミルセア公爵の待つ応接間に入ると、彼は笑顔で立ち上がった。

「カーティア……我が娘よ。会いたかった。寂しかっただろう」

「騎士の皆さん、この人を止めてください」

感極まったのか、腕を広げて私を抱きしめようとするミルセア公爵を護衛騎士が押しとどめる。

どうして？　と首を傾げる彼はなにを勘違いしているのだろう。

「感動の再会とでも思いましたか？　残念ですけど、私は貴方の顔さえ今まで忘れていましたよ」

「な……カ、カーティア。どうしてそんなに冷たくする？　父は本気でお前を心配して、わざわざ帝国まで来てやったのだ。まずは感謝の言葉くらい言いなさい」

「今すぐお帰りいただければ、それぐらいは言ってあげますよ？　さぁ、お帰りください」

せっかく扉を開いて帰るように促しているのに、ミルセア公爵は黙って座るのみだ。

もういっそのこと、騎士の方々に頼んで放り出してもらった方が早いだろうか。

どう追い出そうかと考えていると、ミルセア公爵は神妙な顔つきで話し出した。

「カーティア、お前に言っておかねばならないことがあるのだ」

「……」

「お前が冷遇を受けたと噂を広めたせいで、グラナート王国の権威は失墜した。私の収入源であった他国との貿易は止まり、他にも様々な貴族が不利益をこうむっている」

……そういえば、コッコちゃんの餌を新しく買っておかないと。

「王家は信用を失った。もはや外交に関して打つ手がなく、貴族たちからの非難は止まぬ」

あれ、今日は畑に水をやっただろうか。待て待て、思い出せ……

「それもこれも全てはカーティア、お前の責任だろう？　お前が黙っていればなにも起こらなかったのだ。その償いをしなさい。国に帰り、まずは陛下へ頭を下げなさい」

いや、あげた。うん……薬草の回収に行く前に水を汲んだ事は覚えているし、間違いない。

「話を聞いているのか⁉　カーティア！」

怒鳴り声が耳障りで、私はぐっと顔をしかめる。

「聞いておりませんでした。もうお話は終わりました？　ではお帰りを。時間の無駄ですので」

元父と娘が一度は話したという体裁は整えたのだ、あとは護衛の騎士に追い返すように頼めばいい。

本当に無駄な時間だった。これならコッコちゃんを見つめている方が万倍も楽しい。いや、比べるのもコッコちゃんに失礼か。

そのまま応接室を出て行こうとすると、ミルセア公爵が机をバンっと叩いて私を睨んだ。

「なんですか？」

「カ……カーティア！　お前のせいでグラナート王国は不利益をこうむっているのだぞ！　今すぐに陛下の下へ戻り、我が公爵家の信頼回復に努めるのがお前の役目だろう！　こんなに薄情な娘に育てた覚えはないぞ！」

「……ミルセア公爵」

本気で言っているのだろうか。

なら、つくづくこの人は救いようがない。いまだに私を自分の駒にできると思っているのだろう。

不条理を受け入れ、冷遇されていた頃の私のままだと思っているのだ。

もう、あの国に対する思い入れなど皆無だというのに。

睨みつけてミルセア公爵に詰め寄ると、彼は怯んだように背を反らした。

「まず、私が冷遇されていたのは事実です。信用回復は貴方たちの責任であり、私に頼むのは筋違いだと、その頭ではわかりませんか？」

「ど、どうしてしまったのだ。廃妃となる前のお前はもっと素直で、陛下に従順だったはずだ」

「従順なまま苦しんで死ぬか、貴方たちに恨まれても楽しく生きるか。答えはわかりきっております」

「く……うぅ」

反論の言葉は見つからないらしい。悔しそうに顔を歪め、拳を自身の膝に打ち付けるミルセア公爵の姿は見ていられない。

怒りを行動で示すのは結構だけど、醜態《しゅうたい》をさらしていると気付いているのだろうか。

「すみません、もう話は終わりましたので連れて行ってください」

「承知いたしました、カーティア様」

私が護衛の騎士たちへ視線を向けた、その瞬間だった。

油断していたのかもしれない。ミルセア公爵が、私へと詰め寄ることを許してしまった。

「やはり……レブナン大臣にこれをもらっていてよかった」

「?」

ミルセア公爵がなにか呟く。

なにを言っているの、と疑問を投げようとした時、彼は私の服へ小瓶から液体を振りかけた。

「嫌がらせのつもりですか？　ふざけな……っ⁉」

なんだ、これ。この匂い。……香油？

服に染みた液体から、強烈な香りが私の鼻孔を上っていく。

「っ!!　……うぅ……ぁ」

「カーティアさ!?　……ぅ」

なに……これ。声が出ない。意識が朦朧《もうろう》とする。

周囲にいた騎士たちも、皆ぼうっとした虚ろな瞳になっていた。

匂いを直に浴びたせいか、私もクラクラして……考えがまとまらない。

「レブナンはいい物をくれた。この香油を渡された時は本当に効くのか疑問だったが……反応を見るに効果は本当のようだな」

口元をハンカチで押さえたミルセア公爵が私の手を掴む。

「この香油で、お前は私に従う人形となるのだ。帰るぞ！　皇后が自ら帰ると言えば、帝国も頷くしかないだろう」

「……ぅ……ぁ……は……ぃ」

「来い。馬鹿娘め、憎たらしい。お前を陛下へ献上し、ミルセア家を更に繁栄させるのだ。お前はずっと、私のための駒であればいい」

駄目だ。駄目なのに……頭の芯が痺れる。思考がまどろみ、指示された言葉に従ってしまう。

身体からも力が抜けて、手を引かれるままに歩いてしまう。

「ついてこい。仕置きは帰りの馬車の中でしてやる。たっぷりとな」

「は………ぃ」

思ってもいない答えを口にしてしまう。

駄目だ、駄目なのに、身体が言うことをきかない。

なにも……考えられない。

頭が痛い、身体が熱い。

匂いが身体に染み付いて、逃れられない。

私は……このまま父の命令する通りに、グラナートに連れ戻され……

……いや。

……そんなの、許せない。私は自由に生きると決めたのだ。

私の人生を……奪わせてたまるか!!

幸せに生きると決めた第二の人生を、絶対に誰にも邪魔はさせない。

自由のためなら、なりふり構わず抗う覚悟は決めている。

「っ!!」

「な、なにを!?　カーティア！」

恥も外聞も知ったことではない。

私は残った力を振り絞り、自分の指に噛みついた。

血がぼたぼたと床に流れて、痛みと同時に思考が少しずつ戻ってくる。

「私は……もう誰にも従う気なんてない。みくびらないで！」

「なっ……お前！」

痛む指を我慢して、ミルセア公爵が驚いた隙に力の限り拳を振るう。

私の力なんかじゃ少しも痛くないだろうけど、口元を押さえていたハンカチは奪えた。

「カ……ティ……ア」

部屋の中に充満した香油の匂いを直に浴びたミルセア公爵は、膝から崩れ落ちる。

「私の人生は……私だけのもの。絶対に邪魔させない」

口の中に広がる血の味と、指に走る痛みで思考を取り戻しながら私は呟く。

ミルセア公爵の返事はなく、香油の匂いを一気に吸い込んだ彼は涎を垂らして項垂《うなだ》れた。意識を失ったようだ。

「はぁ……うっ……」

最悪の事態は避けられた。

だけど、まずは部屋の外に出ないと……この部屋は香油の匂いでいっぱいだ。

傷口に歯を立て、痛みで思考を保ちながら外へと出る。

すぐに誰かを呼ぼうとしたけど、意識が……駄目だ……もう、限界だ。

思考が真っ黒になってなにも考えられない。身体にも力が入らない。

「だ……れか……」

倒れる間際、私の視界に入ったのは。

「シル……ウィ…………ま」

なぜか、シルウィオ様だった。でも、幻覚かもしれない。

だって、いつも無表情の彼だったのに、私に駆け寄ってきてくれた顔は焦りで酷く歪んでいる。

そんなこと……きっとありえないだろうから。

◇◇◇

なにか……声が……？

「グレイン、匂いを嗅ぐな。人払いをしろ。医者の手配も」

「承知しました。っ!!　陛下！　カーティア様は俺が運びます。陛下自ら運ばれなくとも……」

「いや……俺が運ぶ」

浮遊感を覚えて少し瞼を開くと、唇を引き結んだシルウィオ様の顔が見えた。どうやら彼に抱き上げられているらしい。

揺れる中で、子供の頃に母が背負ってくれた思い出が頭に浮かぶ。全然状況は違うのに、あの時と同じような安心感。

どこかに移動したようで、扉を開ける音と共に、女性の焦り声が聞こえた。

「カーティア様!?　一体なにが……」

「口元を布で押さえ、鼻で呼吸するな。傷薬と包帯の手配をしろ。服を脱がせてカーティアの身体を洗え」

「わ、わかりました！　城内の侍女を集めます！　すぐに!!」

「カーティアを……頼む」

「はっ……はい！　カーティア様はお任せください！　命を懸けて、必ずお救いいたします」

侍女に服を脱がされ、身体を洗われてくのがわかったけれど。

駄目、また意識が……途切れ――

◇◇◇

ジェラルド様の声が聞こえ、微かに意識が浮上した。

「調べた結果、あれは魔法で作られた香油でした。思考を奪う効果に加えて毒が含まれており……医者が解毒を施しましたが、カーティア様が目覚めるまではあと少し猶予を……」

思考を奪う？　毒……？　それが、ミルセア公爵が持っていた香油に含まれていたの？

「陛下……私が不在で……カーティア様の御身を御守りできず、申し訳ございません!!」

「ジェラルド、宰相の威信にかけ……共謀者を全て暴け。俺の妻を害した大罪、その命で償わせる。この憤怒……グラナート王家の首を並べても足りぬぞ」

「はい……私もこの怒りを抑えられませぬ。皇后となり、我が帝国民の母となってくださったカーティア様を傷つけ、笑顔を奪った行為は万死に値します」

「かの国へ通告しろ、此度《こたび》の件、共謀者の首を全て差し出せと。決して生かすな、拒むなら……国ごと地図から消す準備を」

「はっ!!　このジェラルドの名に懸け、我らが愛する皇后様に仇成した国の処罰を……必ずや」

「ミルセアはまだ殺すな、俺が行く。それまで……歩けぬよう足を砕いておけ」

「承知いたしました……陛下の命令通りに」

再び静かになった空間の中、私は自分が温かな寝具に包まれているのがわかった。

でも、声はうまく出なくて、いまだに思考はまどろむ。荒い息だけが漏れる。

瞳を開いてもよく見えない。

「はぁ……はぁ……っ」

「……」

身体が熱い、汗が止まらなくて……頭が痛む。

顔をしかめた時、私の手を誰かがギュッと握った。

冷たい手だった。でも、それに包まれると……心が安らいでくる。

「寝ていろ」

聞こえた言葉は冷たく感じるのに。

その声を聞くと……苦しみが薄れていくのを感じて、意識が落ちていく……

「すまない……カーティア……」

な……にを言って……

帝国の芽　シルウィオ side

いつものように茶に誘うため、彼女を迎えに行ったのに。

カーティアは見たこともない苦痛の表情を浮かべて、俺の名を呼んだ。

『シル……ウィ…………ま』

倒れる彼女を抱きとめた時、その指は肉が抉れて血が滴り落ちていた。

口元からも血を垂らし、意識を失ったカーティアを見て心が張り裂けそうに痛んだ。

他人などどうでもいい、つまらぬと思っていたのに。

俺は、カーティアがいる日常が消えるのを……恐れたのだ。

その明るさを取り戻したくて、倒れかけた彼女を抱き上げ……多くの者に頼った。

治療が施されて容態は安定したと言われても、彼女の意識が戻らないとなにも手につかない。

こんなことは初めてで、調子が狂う。

自分がカーティアを心配しているのだと気付いた時には、彼女から離れられなくなっていた。

「皇帝陛下、お身体に障ります。どうかご休憩を……もう二日も寝ておられません」

「構わん」

様子を見に来たジェラルドの心配の声に、カーティアを見つめたまま答える。

彼女が起きるまで、この胸の痛みは消えぬ。眠れるはずがない。

この苦しみを紛らわせるためか……思わず、今まで抱いていた疑問をジェラルドに向けた。

「一つ聞く」

「な、なんでしょうか？」

「なぜ、カーティアを選んだ」

ジェラルドはぐっと息を呑み、姿勢を正した。俺は更に問いを続ける。

「ただの飾りの皇后であれば、物言わぬ者でもよかったはずだ」

「……無礼な発言を……お許しいただけますでしょうか」

「あぁ」

ジェラルドは片膝を落とし、俺への忠誠を示しながら答える。

「陛下は……歴代の皇帝の誰よりも家臣をまとめ上げ、帝国を一つにした偉大なお方です。ですが……私には酷く孤独に見えておりました」

「……」

「無感情で、冷酷。恐れられながらも皇帝として手腕を振るう姿は、我が帝国の誉れ。しかし、その身はいつどうなっても構わないような、生きることに未練がない危うさがありました」

「……」

「そんな折、私の耳に入ったのが、カーティア様が祖国で起こした騒動でした。陛下と同じように、自身の人生を王妃として捧げることを厭《いと》わなかった彼女が起こした変化に……興味を持ったのです」

　ジェラルドはカーティアに視線を移し、頬を緩める。

「カーティア様は人生を明るく過ごすことにいい意味で貪欲です。その考えを見聞きして、一抹の希望に賭けてみました。陛下とカーティア様の出会いはなにかを変えるはずだと」

「……」

「私には愛する家族がおります。妻たちのことを思うと、簡単に死ぬ訳にはいきません。陛下にもそんな方がいれば、生への執着を強めてくださるかもしれないと賭けたのです。そして、私はその賭けに勝ったと自負しております」

「……ジェラルド」

「カーティア様は確かに陛下を孤独から救い出してくださいました。私は……カーティア様に感謝を抱き、自身の選択に誇りを持っております。……話が長くなり、申し訳ございません」

「わかった……下がれ」

「はっ!!」

　部屋から去ろうとするジェラルドの背に、本心から漏れた言葉をかける。

「ジェラルド……大儀であった。感謝する」

「……っ!!　ありがたき、お言葉……」

　震える声で感謝の言葉を告げ、ジェラルドは部屋を出ていった。その声が潤んでいたのに気付くが、わざわざ触れるような野暮なことはせずに、黙って見送る。

扉が閉まった音を聞き、眠っているカーティアの手に触れた。

弱く、華奢な身体。少し突けば壊れてしまいそうなのに。

ジェラルドの言う通り、その身が俺をつまらぬ世界から……色鮮やかな世界へ引き上げてくれた。

もう……彼女がいない生活は考えられない。失っていた感情がよみがえったのだ。

「カーティア……」

その身を傷つけた者への憤怒の情を抑えられない。

永遠の苦しみを与えても、彼女の笑みを一瞬でも奪った大罪は償えるはずがない。

二度とその身を傷つかせぬと約束しよう。二度とその笑みを奪う者を出さぬと誓おう。

だから……

「早く、起きろ」

母が今の俺を見れば非難するはずだ。軟弱な皇帝だと責め立てるだろう。

だが……

『不完全な、あ、貴方など……産まなければよかった』

『私が保証いたします。貴方は……悪くなんてない』

どちらの言葉を信じたいのか、答えはハッキリとしている。

「起きて、また笑え」

カーティアの笑顔を独占できないことはわかっている。

だけど……俺には少しでも多く、その笑顔を見せてほしいから。

次に起きてからは……近くにいることぐらいは許してくれるか？

愛しき妻よ。

第四章　二度と邪魔されぬために

「……ん」

窓から差し込む陽の明るさに目を開く。

身体に不調や痛みはない。いや、実際には自分で噛んだ指の痛みは残っているけど……

その指に視線を向けた時、視界に入った光景に言葉を失ってしまった。

「……起きたか」

シルウィオ様が寝台の隣に座り、私をジッと見つめていた。

なぜ、と思ったけれど、周囲を見渡して納得する。

大きく広い室内と、私が横になる寝台の豪奢《ごうしゃ》な装飾を見るに、ここは彼の寝室だ。

「体の調子はどうだ？」

「え？　だ、大丈夫です。少し指が痛むくらいで……」

そう言った瞬間、私の指にシルウィオ様が触れた。

淡い緑色の光が輝いて痛みが少し薄れていく。これは……治癒魔法か。

「気休めだ。すぐに痛み止めを持ってこさせる」

「あの、いったいなにが……」

「詳細はジェラルドに調べさせている。今は気にせずに寝ていろ」

立ち上がり、部屋から去ろうとするシルウィオ様の服を思わず掴んでしまう。

振り返った彼の深紅の瞳が私を写す。そこに、前までの冷たさは微塵もなかった。

「傍にいて……くださったのですか？」

「偶然……来ただけだ」

彼がぶっきらぼうに答えた時、勢いよく扉が開く。

入ってきたのはグレインで、酷く焦った様子でシルウィオ様へ声をかけた。

「陛下、いくら心配とはいえ。三日も寝ずに看病なさるなどお身体に障ります！　どうかお休み……を……っ！　カ、カーティア様!!　目を覚まされたのですね、よかったぁ！」

先程の会話など知らないグレインは明るく笑って私の目覚めを喜んでくれる。

あっさりと嘘をばらされてしまったシルウィオ様は、無表情のままグレインを見つめた。

その様子……前も似たようなやり取りを見たな、と笑ってしまう。

「グレイン、外せ」

「へ？　ですが……今はまずお喜びを……」

「痛み止めと、カーティアの食事を手配しろ。今すぐだ」

「しょ、承知いたしました！」

「それと、次にノックを忘れたらその身を案じるのだな」

グレインはシルヴィオ様の脅しに怯えつつ、何度も頷いた。

彼が凄むのは、嘘がばれた照れ隠しだろう。赤くなった耳で照れているのがよくわかる。

慌てて走っていくグレインを見送った後、シルヴィオ様は目を逸らした。

「……ただ、見ていただけだ。忘れろ」

「ふ、ふふ……嫌です。嬉しいので」

「……」

笑ってしまったけど、シルヴィオ様はそれを咎《とが》めずに耳を赤くしたままだ。

照れている姿は、普段のツンツンした様子と違って少し可愛らしく見える。

「俺は政務に戻る」

「いいえ、駄目です」

出ていこうとするシルヴィオ様の手を取り、私は首を横に振った。

三日も寝ていないと聞いたら、彼を見逃せない。

「この寝台、広すぎて余っていますので……少し一緒に寝てください」

「……」

「誰か来たら起こしますから。シルヴィオ様、さぁ早く！　断っても無駄ですよ？　逃がしません。

私、今は元気いっぱいですから」

私は言っても聞かないのをわかっているのだろう。

シルウィオ様は寝台の余った場所に腰を下ろし、横にはならなかったが目を閉じた。

「三日も看病してくださって、ありがとうございます。シルウィオ様」

「暇だった……だけだ」

よほど心配してくださっていたのだろう。

シルウィオ様は安心したように、舟を漕ぎ出した。その寝顔はあどけなくて、思わず微笑んでしまう。

彼と、帝国の皆のおかげで難は逃れた。

しかし……ミルセア公爵にここまでされて、大人しくその処罰を待つつもりはない。

多くの人に心配や迷惑をかけてしまった。もう絶対にあの人を許しはしない。

私の人生を奪おうとした彼には容赦なく制裁を下そう。

シルウィオ様が起きたら……ミルセア公爵への面会を願おう。

でも……今だけは怒りを忘れて、心配してくれた彼の寝顔を見るぐらいは許してほしい。

◇◇◇

その後、私はミルセア公爵の所へ連れて行ってほしいと頼んだ。

寝ていろと言われたけど、私の怒りを伝えると……シルウィオ様は了承してくれた。

彼の同伴という条件があったのは、心配しているからだろう。

体調は回復したと思ったが……いまだに身体には痺れが残り、歩くとふらついてしまう。

「っ……」

「痛むか」

「いいえ……問題ないです。歩けます」

笑ってそう言うと、彼は無表情のまま私の手を引いた。

「……もう、歩くな」

「え、ぁ……」

突然、私の身体が浮き上がった。

シルウィオ様が抱き上げてくれたのだ。

背中を支えられているから安定感はあるけど、思いもよらぬ出来事に思考が追いつかない。

「あ……あの」

「……なんだ」

「す、少し恥ずかしいな……と」

「関係ない。お前の身体の方が重要だ」

私が倒れてから、シルウィオ様の態度が明らかに柔らかくなった気がする。

どうしてかはわからないけど、私の身体を気遣ってくださっている？

それに、関係ないと言ったのに、私の羞恥心を汲み取って人気のない道を選んでくれたりもする。

彼の変わった態度に驚いている間に、ミルセア公爵が幽閉されている牢にたどり着いた。

「もう、大丈夫です。シルウィオ様」

「……俺からは離れるな」

「は、はい」

腕の中から降ろしてもらい、牢の前まで共に進む。

おぼつかない足取りの私を、シルウィオ様が背中に手を回して支えてくれた。

その優しさが嬉しい。

シルウィオ様から牢の中へ視線を移すと、私に気付いたミルセア公爵が歓喜の声を上げた。

「カ、カーティア！」

「……ミルセア公爵」

ミルセア公爵は歩けないように砕かれた足で這いずり、鉄格子の隙間から手を伸ばす。

「た、助けてくれ！　わ、私の娘なのだから！　父がこんな場所に幽閉されて怒りを感じないのか」

「怒りは感じておりますよ、まさか……貴方があそこまで馬鹿な人だったなんて。自分の肉親とは信じたくない程、腹が立ちます」

「な、なにを言っている！　私はお前が幸せになると思って。父としての愛で――ッッツ！」

一瞬だった。

私の隣で黙っていたシルウィオ様が、無表情のままミルセア公爵へ手をかざした。

その瞬間に、ミルセア公爵の顔が地面に叩き付けられる。

魔法とは恐ろしい。ミルセア公爵の抵抗など意味をなさず、容赦なく痛みを与えるのだから。

「虫唾が走る」

「ぁ……あっ!!　が……だッッ！」

「貴様ごときが、カーティアを見るな」

「だッ!!　やめ……ッツ！」

「カーティアの父を名乗り、国へ連れ戻すだと？」

「ッ！……あッ!!　……た、たずげッ!!」

まるで見えない手に掴まれているように、ミルセア公爵は何度も何度も叩きつけられた。

それをやりすぎなどとは言わない。彼はアイゼン帝国へ泥を塗ったのだ。

皇帝として……シルウィオ様の怒りは、計り知れない。

「カーティアは俺の妻だ。貴様の視界に入れることは二度と許さん」

シルウィオ様が指を下に向けると、ミルセア公爵は顔を地面に付けて跪《ひざまず》くような姿勢になった。

私に傷を見せないための配慮なのだろう。ミルセア公爵が大人しくなったので冷静に話せそうだ。

「た……たずけ……」

「ミルセア公爵、正直にお答えください。先の香油はどこで入手したのですか？」

「あ……あぁ。レ、レブナンだ。奴が家に来て、あれでカーティアを……取り戻してほじいと」

「グラナートの大臣のレブナン？　……彼はどこで香油を？」

「し、知らない……他国から入手したとだけ……あ、後はなにも！　証言したんだ、許じてぐれ！」

この口ぶりでは、毒が混入していたことまでは知らなかったようだ。

だが、まぁ……あの香油の効果を知っていて使った時点で同情の余地はない。

彼は私を意図的に操り、人形にしようとしたのだから。

「お願いだ。カーティア……私を助けでくれ、許じてぐれ」

「……」

「国のため……生ぎるのが公爵家の責務だ。そのために、あの香油を使っただけなんだ」

「愚かな選択です。貴方はグラナート王国を自ら貶めたのだから」

「わ、私はグラナート王国でも、他国との貿易路を多く持っている公爵家の人間だぞ！　ごの扱いに他国が黙っでいるはずない！　早くここから出せ！　私を処罰ずるなど、許されるはずがない！」

「ミルセア公爵、私はずっと貴方を助けてきたのですよ？」

「……は？」

疑問の声を上げたミルセア公爵を見降ろし、ニコリと微笑む。

「私が王妃だった時、貴方が他国との貿易で利益を出せたのは、ご自身の手腕だと思っておりましたか？　他国の方々と交流を深めたのを、ご自身の人徳だと思っておりましたか？」

「あ……」

「全て、私が支えていたのですよ。それをご自身の力だと思っていたようですが……実際の貴方にはそこまでの人望も名声もありません。なので、誰も貴方を救いませんよ」

「ち、違う……わ、私は……私は誇り高き、公爵家で……」

「アイゼン帝国が今も貴方を生かすのは、貴方が貴族だからではなく、私の父だと配慮してのもの。さて、ここで貴方との縁を切ると宣言すれば、どうなるでしょうか？」

「あ……あぁ……カーティア。わ、私は……た、助け……」

「私は何度も、貴方が無事に帰れる機会を与えてきました。一応、父ですからね。それを踏みにじったのは貴方自身です」

「ゆ、許じでぐれ!!」

「無理です！　もう父とは思えないし……貴方に愛された記憶が、私にはありませんから」

「あ……あぁぁ!!　まて！　待っでぐれ！」

「私の父であるという庇護を失った末路を、どうぞ楽しんでください」

「カーティア！　カーティアァァ!!」

ミルセア公爵は私の名前を呼び続けていたが、傍に控えていた帝国騎士たちが牢へ入り、連行していく。

行き先はわからない。ただ、暗闇へ連れて行かれる彼の悲鳴だけが響いていた。

「ごめんなさい、シルウィオ様。私のワガママでお時間をとらせて」

「いい……部屋に戻るぞ」

「っ!?」

また、彼は私を抱き上げて歩き出した。その手は、しっかりと私を支えて離さない。

先程の険しさはどこへいったのか、柔らかい瞳で私を見つめていた。

「あ……あの……は、恥ずかし」

「妻の身ぐらい……心配させろ」

「っ……!?」

心配させろと素直に言った彼を、拒めるはずもなかった。

私を抱きあげる手つきが優しくて、胸の高鳴りが止まらない。

でも、それを心地よく感じる自分もいた。

「グラナート王国の始末は任せよ。お前は好きに過ごせ。俺はそれを望む」

「私のためにそこまでしなくても」とは、口が裂けても言えない。

アイゼン帝国として、もはや引くことは許されないのだ。

私は皇后、その身を傷つけられて黙っているなど……帝国の威信にかけてできるはずない。

だから……「はい」と答える。

私もグラナート王国のことなど忘れて、いつもの日常に早く戻りたい。

優しくなったシルウィオ様との茶会が、今は楽しみだ。

ここでの日々を大事にしようと、改めて思う。これは、私が自分で守り抜いた生き方だから。

◇◇◇

ミルセア公爵と会った後、シルウィオ様はまた私を自室へ運んでくれた。

「寝てろ、必要な物は手配する」と、彼は言っていたけれど……

「カーティア様、お怪我をされた指に軟膏をお塗りしますね」

「マッサージをいたします。お疲れであればいつでもお申し出くださいね」

私は侍女たちに囲われて、とんでもなく丁重な扱いを受けている。

いくら毒で倒れたとはいえ、これは看病の域を超えているのでは？

「あの……別にここまで」

「そうはいきません！　これは陛下のお望みですから！」

「シルウィオ様の？」

「はい、皇后様の身を案じておられましたよ」

話を聞くと、全てシルウィオ様が自ら侍女たちに頼んだらしい。

今までは彼が王城の者になにかを頼むことなどなかったが、私のために動いてくれたようだ。

とはいえ……

「少し、やりすぎな気も」

「皇后様ですから、当然です！　庭園で一人過ごしている方が異例なのですよ！」

はい……まさにおっしゃる通りです。

抵抗を諦めると、続々と寝間着が運びこまれて、好みの寝具まで取り揃えられた。

更には定期的にコッコちゃんの様子や作物の状況の報告までしてくれる。

シルウィオ様も度々部屋を覗きにきては、容態を確認してくれた。

これはかなり心配されている。早く元気にならないと。

そう思うものの、今だに指は痛み、痺れで歩くのもおぼつかないため、しばらくは素直に安静に過ごした。


数日後。

すっかり元気になった私は部屋を抜け出し、自身の小屋を見に行った。

「コケケ！　コケェ！」

「コッコちゃん、久しぶりだね〜」

久しぶりのコッコちゃんは心なしか喜んでいるように見え、いや……いつも通りだ。

与えた餌にがっつき、私には視線さえ向けない。はくじょーものめ。

畑は……いつも通りだ。使用人には後でお礼をしにいかないと。

そんなことを考えつつ、久しぶりの自分の居場所に心地よさを感じていると……

「カーティア」と呼ぶ声が聞こえた。

振り返ると……シルウィオ様が立っていた。走ってきたのか、少し息が荒い。

「ど、どうしました？　シルウィオ様」

そう聞いた瞬間、彼が私の手を掴んだ。

「一人になるな」

「え？　あ、ごめんなさい……ちょっと畑やコッコちゃんが気になって」

「俺の部屋より……ここがいいのか」

「え？　は、はい……おかげで元気になりましたし、私はここが落ち着きますから」

「……」

なぜか、シルウィオ様は少し落ち込んでいるように見える。

こういう時は……素直に聞こう。

「どうしました？　シルウィオ様」

シルウィオ様は無言のままだ。でも、私は根気よく聞き続ける。

「言ってくれないとわかりません。ほら、言ってください」

「……これからは、俺が迎えに来る」

「え？」

「だから、毎日……会いたい」

「っ……」

無表情のまま、気恥ずかしそうに彼の耳が赤くなる。

初めて会った時の彼は、誰であろうと冷たく突き放すような印象だったのに、今は私を優しく見つめて離さない。

その視線に応えたいと思う私がいた。

「いいですよ。いつでも呼んでください」

「また、ケーキも紅茶も用意する」

「ふふ。ありがとうございます」

雰囲気が柔らかくなったシルウィオ様に見つめられると、鼓動が心地よく跳ねる。

私も、彼と同じ時間を過ごすことを心の中で望んでいるのだ。

そうしてほわほわと時間を過ごしていると、ジェラルド様が慌ててやって来た。

「陛下、お伝えしたいことが……っと、カーティア様!?　お目覚めになられていたのですね。挨拶が遅れて申し訳――」

「ジェラルド……何用だ」

ジェラルド様の挨拶の言葉を遮り、シルウィオ様が尋ねた。

「ご報告したいことがいくつか……」

「ここでいい」

「はっ!!　まず、グラナート王国へ送った書簡ですが……返事はありませんでした」

「そうか、愚かな対応だ。抵抗できぬよう軍を準備しろ……首謀者共の首を取りにいくぞ」

「つ、追加のご報告ですが、香油の思考を奪う魔法についての出所を調べた結果……」

どこか言いにくそうに、ジェラルド様は言葉を続けた。

「施された魔法印が……カルセイン王国の貴族が用いる印と認定できました」

「……っ」

魔法印とは、物や液体へ魔法による効果を持たせるための印だ。

父が香油を手に入れたのはレブナン大臣からと言っていた。

しかし……その香油がアイゼン帝国に並ぶ大国カルセインの貴族から輸入されたとなれば、話は複雑になってくる。

「この件、カルセイン王国も関わっている可能性があります」

「関係ない。やることは変わらん」

シルウィオ様は動揺もなく答える。その瞳は……鋭く怒りに燃えていた。

「俺の妻を害した者を根絶やしにする。相手が誰であろうと手を緩めるな。首謀者には我がアイゼン帝国に仇成した報いを与える」

「陛下のご判断に敬意を！　グラナート王国へ向かう軍備には二十日、いただきます」

「万全に整えろ。我が帝国へのふざけた対応を後悔させるぞ」

帝国として、此度《こたび》の件は許せるはずもない。私も自身の立場を理解している。

争いを止めてなどと、無責任なことは言えない。

だけど少しだけ気になったことがあり、私は口を開いた。

「少し、よろしいでしょうか」

私の声に視線が集まる。

「私が知る限り、レブナン大臣は国を護ることを最優先に考えていました。国に危機を招く愚行を、わざわざミルセア公爵に指示するとは思えません」

「では、他に黒幕がいると？」

ジェラルド様の言葉に、私は頷く。

「ええ、裏で糸を引いている者がいるはずです。それが国王アドルフかどうかまでは、わかりませんが……」

「たとえそうだとしても、帝国としては、カーティア様の御身に傷をつけた罪を見過ごす訳にはいかないのです」

「もちろん、私も止める気はありません。でも……真相を知る必要があります。なので、カルセインへ書簡を送ってもよろしいでしょうか？」

「カルセイン王国へ？　しかし……書簡を出しても、かの国が対応するかは……」

「カルセインとしても、無実であれば国の汚名となることを無視できぬはずです。それに第一王子のシュルク殿下とは知り合いですので、きっと聞いてくれるでしょう」

そう軽い調子で言うと、ジェラルド様は驚愕を通り越し、唖然とした。

シルウィオ様は少し不機嫌そうに口を閉じたけれど。

「……今更ながら、私はカーティア様の影響力を過小評価していたと痛感いたしました」

「へ？　なにを言って――」

「陛下……いかがでしょうか？」

反応に困惑していると、ジェラルド様がシルウィオ様へ尋ねる。彼は私を見ながら答えた。

「カーティア」

「はい」

「変わらず、軍備は進める。お前を害した者を俺は許せない」

「はい、私も異存はありません。ですが、陰で動く者にも怒りを抱いています。なので、軍備と並行して真犯人を探りましょう。私を狙ったことを絶対に後悔させてみせます！」

意気揚々と言うと、彼は私の頭に手を置いた。

「流石だ、お前は」

「え……」

まるで犬を相手するように撫でてくるから、恥ずかしくて顔を伏せてしまう。

「だが、シュルク王子に送る書簡は……俺が確認する。私的な内容は許可しない」

「え？」

「いいな」

これは……皇帝としての威厳を保つためなのだろうか。

私を見つめるシルウィオ様の瞳は、なぜか酷く真剣だった。

◇◇◇

シュルク殿下への書簡には、此度《こたび》の香油の件をありのままに書いた。

もし本当に香油とカルセイン王国に関わりがあれば、事態は深刻だ。

しかし無実であれば、きっと国を挙げて協力してくれるはず。

とはいえ、いきなりの書簡で疑惑を感じさせるような内容は失礼だろう。

なので、ついでに冗談でカルセイン王国の魔法学書がほしいとお願いしておく。

シルウィオ様の治癒魔法を見た時、私が三年後も生きるために魔法の力は有効に思えた。

魔法学書は国外持ち出し禁止だろうが……言ってみるだけならタダだ。

今の私にできるのはこれぐらい。あとはいつも通りの日常を過ごすだけだ。

そんな訳で、今日はシルウィオ様との久々のお茶会だ。

私が香油で倒れてから、こうして紅茶を飲みながら二人で過ごすのは久々だった。

なのに……シルウィオ様は政務のため、少し席を外さなくてはならなくなった。

彼が、二人でゆっくりする時間を中断するのは珍しい。

「グレイン、少し離れる。カーティアの身を守れ」

「はっ!!」

香油の件以来、シルウィオ様は私を一人にしないように配慮していた。

そこまで心配しなくとも……とは、心配をかけてしまった身では言えないか。

傍に控えるグレインと無言のままなのも気まずいので、私は気になっていた話題を投げかける。

「……そういえば、グレインはシルウィオ様の唯一の護衛騎士なのですね」

「はい。陛下の護衛は俺だけです」

「つまり、グレインが帝国で最も強い騎士なのですか？」

「今は……俺が騎士団では一番かと」

今は？　含むような言葉に首を傾げると、グレインは笑って言葉を続けた。

「昔は俺よりも……ジェラルド様の方が騎士として腕は立ちましたから」

「え？」

意外だった。確かにジェラルド様の体格はとてもがっしりとしている。

だけど……帝国の宰相は騎士とは無縁だと思っていた。

「十年前までは帝国騎士団の団長を務めていたんですよ。それも……鬼団長として有名でした」

「驚きです……ジェラルド様はいつもニコニコしているおじ様だったので」

「かなり優しくなったんですよ。ジェラルド様が率いる騎士団の練兵は恐ろしいものでした」

身震いするグレインは、よほど怖い思いをしたのだろうか。とても信じられない。

「なにが、ジェラルド様をそこまで変えたのでしょう？」

「ジェラルド様は結婚してから変わりました」

「結婚……？」

「はい、ジェラルド様は結婚してから穏やかになったのです。奥様のために危険な団長職を辞任しました。その後、家柄もよく、知識も豊富でしたので、陛下に任命されて宰相になられました」

「そうだったのですね……」

「今では記念日には花束を贈ることを欠かさない愛妻家ですが、昔は本当に厳しい方だったのですよ」

いつもニコニコとして、表情豊かなジェラルド様の過去。

厳しくて恐ろしい方が……家族のために変わったなんて、微笑ましくもある。

「ジェラルド様は、いい変化をなされたのですね」

「はい、でも……それは陛下も同じです。カーティア様と出会って、陛下は確かに変わられました」

「変わった？　本当ですか？」

確かに私には優しくしてくださっているけど、無表情なのは相変わらずだ。

グレインの思い込みではないかと不安になって問いかけると、彼は笑って答えた。

「はい、なにせこの前もカーティア様の快気祝いに贈る花はなにがいいか、ジェラルド様に相談しておられましたからね。今も席を外しているのは……あ……」

グレインは言葉の途中で頭を抱えてしゃがみ込んだ。

「あの……その、手遅れですが、俺が口走ったことは忘れてください」

「それは一体、どういう……」

「カーティア」

グレインの挙動不審な様子を訝しく思うと、私を呼ぶ声が聞こえた。

振り返ろうとすると、私の目の前に色とりどりの花が飾られたかごが置かれた。

複数の花が色鮮やかに盛られている花かごを、シルウィオ様が贈ってくれたのだ。

「え？　あの……これ」

「落ちていた。やる」

「……」

あぁ、なるほど。

グレインが忘れろと言ったのは、そういうことだったのか。

その花かごの意味を悟った私は、微笑みながらシルウィオ様を見上げる。

「私の、快気祝いですか？」

「……っ……拾っただけだ」

「ふふ。こんな立派な花かごが落ちているのですね」

私が見つめると、恥ずかしそうに目線を逸らすのだから、素直じゃない人だ。

グレインに目配せすると、彼は申し訳なさそうに頭を下げつつ微笑んだ。

「ありがとうございます。シルウィオ様」

「……あぁ」

私が彼を変えるきっかけになれたのなら、少し……嬉しいかもしれない。

再び訪れた平和な日常の中、私と彼の関係は確かに変わり始めていた。


そして……もっと大きな変化が、数日後に訪れた。

その日、私はいつも通りコッコちゃんと過ごしていた。

「コケェ！　コケケ」

「ふふ、コッコちゃんは今日も可愛いね。天使みたい」

褒めれば産んでくれる卵が増えるのではないかと、私はコッコちゃんを褒める計画を立てた。

「可愛いね～可愛い。本当に可愛い。大好きだよ～コッコちゃん」

「コケケッ！　ココ！　コー!!」

心なしか喜んでいるようにも見える。うん、この調子だ。引き続き褒めていこう。

「き……今日はなにをしておられるのですか……？」

呪文のようにコッコちゃんを褒めているところへ、ジェラルド様がやって来た。

「ジェラルド様、今日はどうしました？」

なんだか引かれていたような気もするけど、特に気にせずに尋ねる。

「あ……は、はい。実は、ミルセア公爵が……獄中でカーティア様宛に手紙を書いたようで」

「あぁ、捨てておいてください」

「しかし、彼は重罪人のみを捕らえる牢に収監されています。恐らく、これが最後の手紙です。一応は受け取っていただいてもよろしいでしょうか？」

最後の手紙……か。

ジェラルド様には私の気持ちはわからないだろうし、血の繋がりがある以上、内心は父のことで悲しんでいると思っているのかもしれない。

そんな感情は少しもないけど、仕方がないのでミルセア公爵の手紙を受け取る。

『カーティア。お前に迷惑をかけたことを謝罪したい。だが、これだけはわかってもらいたい。私は、本心からお前のためを思って行動したのだ。私はお前のためにこれからは生きる、アイゼン帝国で私と共にやり直さないか？　皇后の権限で、どうか父を救ってほし――』

「庭園って焚火をしてもよろしかったでしょうか」

「へ？　ば、場所を選んでくだされば大丈夫です」

「では、使用人にいただいたお芋を焼きます。ちょうどいい燃料もありますし」

うん、こんな無駄な手紙はさっさと燃やしてしまおう。

私の尊厳を奪おうとした彼を、救うはずがないのだから。

そんな訳で草木の生えていない場所で枯れ葉を集め、手紙と共に燃やし始める。

ついでに芋を焼きつつ、ぼうっと空を眺めてゆったりと時間を楽しんでいると――

「カーティア」

といつもの声に呼ばれ、私は振り返った。

「シルウィオ様」

「なにをしている」

「そうですね～。不要な物を燃やしてお芋を焼いております。召し上がりますか？」

「……少し、もらう」

そう言って、シルウィオ様は私の隣にすっと腰を下ろした。

皇帝である彼が、なんと地面にあぐらをかいて座ったのだ。

どうしようかと振り返ってみても、グレインはにこやかな笑みを浮かべて距離をとり、こちらを見守っているだけだ。

「シルウィオ様？　椅子を持ってきましょうか？」

「いや、いい」

「しかし――」

「ここでいい」

隣で私をじっと見つめる彼に、それ以上は言い返せなかった。

突き刺さる彼の視線に気恥ずかしさを覚えつつ、私は枝に刺して焼いていた芋を取る。

「グレインにも分けてきていいですか？」

「……カーティア」

「はい？」

私が答えた瞬間、彼は私の手を引いて、腕の中に抱き込んだ。

「俺も……敬称はいらない」

「え……」

「……様は、いらない」

「シルウィオ？　でいいの？」

無表情のままなのに、どこか嬉しそうな雰囲気でコクコクと彼は頷く。

「俺は、カティと呼んでいいか？」

「カティ？」

「俺だけが……そう呼びたい」

その言葉に、彼だけの特別な呼び方だと言われたようで、喜びが胸を満たす。

「……いいですよ。シルウィオ」

「カティ」

「はい。では、焼き芋をどうぞ」

「あぁ」

彼は私が渡した芋を持ちながら、ほわほわと微笑んでいるように見える。

グレインにも芋をおすそ分けして再びシルウィオの隣へ座ると、彼の手が私の手に重なった。

「シ……」

「……」

私は鈍感だけど、流石にわかる。もしかしてシルウィオは私のことを……

私の勘違いでなければ、不器用ながらも初々しい彼の気持ちが嬉しい。

「皇帝陛下！　皇后様！　よろしいでしょうか!!」

穏やかな時間が流れる中、緊迫した様子で庭園の中を走ってきたのは一人の文官だった。

文官は並んで座る私たちの姿に驚きつつも、膝を落として声を出す。

「お、おくつろぎのところ、申し訳ありません！　その……グラナート国王であるアドルフ陛下がお越しです！　カーティア様に会わせてほしい、関係を戻したい……と」

……え？　アドルフが私を呼んでいる？

そんなの、受け入れるはずがない。

「シルウィオ、任せていいですか？」

「あぁ、もちろんだ」

反射的に私が答えると、シルウィオもすんなりと頷いた。

こんな時、私と彼の息はピッタリ合った。

それにしてもアドルフ……今更私と会って、なにか変わると思っているのだろうか。

帝国でミルセア公爵が起こした事件について、グラナート王国は帝国からの抗議の書簡を無視しているのだ。

なのに、帝国までわざわざ来て、謝罪もなく私に会わせろというの？

しかもそんな状況で、皇后となった私と関係を戻したいなどと、よく言えたものだ。

死も覚悟して来たのだろうか。いや……彼にそんな度胸はないはず……

もしかすると、なにも知らないのではないか？

いくら考えても、今の私には、彼が突然やって来た理由が掴めそうになかった。

悲願の花・三　アドルフside

玉座で頭を抱えて、思わずため息をこぼす。

カーティアがいなくなったことで、日に日に国政の混乱は大きくなっていた。

それに加えて幻聴だけでなく、幻覚にも頻繁に襲われるようになっていた。

知らないはずなのに、覚えのある光景が、目を閉じれば……今日も暗闇の中に浮かんでくる。

◆◆◆

燃え盛る城内に、倒れる無数の死体。夢とは思えない現実感の中、目の前で女性が微笑んだ。

『貴方には感謝しているのよ、アドルフ』

『ヒ……ヒルダ？』

『馬鹿な貴方が、私の誘惑に負けたその日から、結果は決まっていたの』

なにを言っている。ヒルダ……君は、なにを？

『あの女が死んで、他国からの信用は潰えた。グラナートはこれで終わりよ。私の計画通り……これも全て、貴方が都合のいい男だったおかげだわ』

ヒルダの……計画通り？

『なを……言っている。ヒルダ、君は……』

『まだわからないの？　貴方はずっと、私に……』

◆◆◆

……なぜ、幻覚にヒルダが？

「……下？　陛下！」

声をかけられ、おぼろげだった意識がはっきりしていく。

幻覚から覚めると、一人の文官がいた。

あまり見たことのない顔だ。最近辞職した者の代わりに雇用した新人だろう。

「陛下？　大丈夫でしょうか？　お疲れのご様子ですが」

「いや……なんでもない。なんの用だ」

先程の光景は夢だと自分に言い聞かせ、文官へ問いかける。

「そ、その……実は、気になることがありまして」

「気になること？」

含みを感じる言葉に首を傾げると、文官は一枚の紙を俺へ手渡した。

「我が国の貴族家をまとめたリストを確認していたところ、おかしなことがありまして。失礼を承知でお尋ねしたいのですが……現王妃ヒルダ様のご実家は、どこでしょうか？」

「なにを言っている？　彼女はレイモンド伯爵家の人間だ。ただ、彼女の父である当主は十年程前に事故で倒れて以来、意識が戻っていないがな」

「で……ですよね……おかしいな……」

文官の煮え切らない態度に少し苛立つ。それがいったいなんだというのか。

「なんだ。なにがあった」

「実は、意識不明だったレイモンド伯爵がつい最近意識を取り戻されたのです。しかし彼はヒルダ様をご存知ないらしく……記憶喪失かと思ったのですが、他の記憶は問題ないようでして」

「は……？　だとしても……」

「加えてレイモンド伯爵は、事故で娘を亡くしたと言っております。不思議に思い調べてみると、ヒルダ様の幼少期を知る者は存在しておらず、伯爵家の令嬢と裏付ける証拠がなかったのです」

「そ……そんなはずが……」

いや、待て。

思い返すと、レブナンもヒルダは貴族間の繋がりが弱いと言っていた気がする。

かくいう俺も、ヒルダの交友関係や家族事情をよく知らない。

社交界で出会ったのも突然だった。それ以前の交流はなく、彼女が父と過ごしている姿を見たことはない。

そして、今までそれを疑問にさえ思っていなかった自分に強烈な恐怖を感じた。

『まだわからないの？　貴方はずっと、私に……』

先程の幻覚を思い出し、嫌な予感が身体を這いずる。

ヒルダについて知っているのは、レイモンド伯爵家の出身ということだけだ。

考えてみれば、たったそれだけの情報で王家に迎えるなんてあり得ない。

ヒルダを側妃に迎えてから今まで、それを疑問に思ったことすらなかった。

なぜだ、なぜ今まで不思議にも思わなかった？

考え出した途端に、自身の行動の不自然さに気が付いた。

どうして今まで、俺は彼女のことを知ろうと思わなかったのか。

どうして……まるでヒルダを隠すように、社交界に顔を出さないようにしていたんだ？

沸き起こる疑問に戸惑っていた時だった。

「失礼いたします、アドルフ陛下。そちらの文官に用があるのですが、よろしいでしょうか？」

視線を上げると、レブナンが文官を連れていこうとしていた。

「待て、レブナン……ちょうどいい。前にお前が言っていたヒルダについてだが――」

「申し訳ありませんが、火急を要するのでお話する時間はありません」

「っ!!」

ゾワリと、冷えた感覚が背筋を撫でる。

レブナンの表情は酷く虚ろで、まるで……感情がないように見えた。

「レブナン、待て」

「そうだ、カーティア様については考えが変わりました。やはりこの国には必要ありません。なので、ミルセア公爵を向かわせました。まぁ……失敗しているでしょうが」

「は？　なにを言っている!?　俺はカーティアを連れ戻せと言っただろうが！」

「時間がないので、失礼いたします」

レブナンは戸惑う文官を連れ、早々と立ち去ってしまった。

俺の質問に意味不明な言葉を返す姿は、王家に忠誠を誓ういつもの彼には見えなかった。

「なんだ……なにが起きている？」

「アドルフ……どうしたの？」

いつの間にか、目の前にはヒルダが迫っていた。作り物のような完璧な笑みを浮かべ、俺の顔を見つめている。

俺の知るヒルダは、可憐な女性だったはずなのに、なぜか……今は彼女の笑顔が怖かった。

「ヒルダ、レブナンの様子がおかしい……少し、見てくる」

「そんなのいいから。私の部屋に来て？」

「っ……」

身を寄せられそうになった瞬間、頭の中に一際大きな声が響いた。

『駄目だ！』

先程の幻覚、得体の知れない恐怖と幻聴――それがヒルダを振り払う力に変わる。

身体が勝手に動いて、逃げるように彼女に背を向けた。

「政務が残っている。ヒルダ……しばらくは部屋に行けない」

「アドルフ……待って！　待ってよ！　寂しい！」

「……寄るな、今は一人にしてくれ」

駆け寄ってきたヒルダを突き放し、自室に駆けこんだ。

あの幻聴も夢も……レブナンの変貌ぶりも、わからないことだらけだった。

俺はヒルダについてなにも知らない。出会った時の記憶も酷く曖昧《あいまい》で、気味が悪い。

だが、それでも彼女は俺の心の支えであり、愛する女性だ。

彼女を信用したいからこそ、一度しっかり調べる必要がある。

彼女が父だと公言するレイモンド伯爵に話を聞くべきだ。

今の気持ちのままでは、ヒルダの前で素直に笑えない。

◇◇◇

あの後すぐ、俺はレイモンド伯爵邸に向かった。

城の者には政務で十日程不在にすると伝えているから、ヒルダも俺がレイモンド伯爵に会おうとしていることは知らないはずだ。

「陛下、あと半刻で到着いたします」

「あぁ、急に頼んで悪かったな。引き続き、目立たないように気を付けて進んでくれ」

「は、はい。承知いたしました」

王にいきなり呼び出され、王が乗っていることは隠して馬車を走らせろと言われたのだから、護衛や御者が戸惑うのは当然だ。

しかし、事情を明かすことはできない。

現王妃ヒルダの交友関係や出自が不明などと、王家としてあり得ない不手際を公言できない。

「陛下、到着いたしました」

「ご苦労だった」

二日程かけてたどり着いたレイモンド伯爵邸は酷く辺鄙《へんぴ》な場所に建っていて、近くの村に向かうだけでも馬で五時間はかかる。どうしてこのような不便な地に住んでいるのか。

溢れる疑問の答えを求め、俺はレイモンド伯爵に面会を求めた。

「……へ、陛下……なのですよね？」

俺の来訪を知り、おぼつかない足取りでやって来たレイモンド伯爵は疑惑の視線を投げてくる。

十年近くも意識を失っていたせいだ。彼が知る俺は幼く、前王が亡くなったことも知らないのだろう。

「レイモンド伯爵、目覚めてからまだ日が浅く、混乱しているだろうが……俺の質問に答えてほしい」

「なんでしょうか？」

「……ヒルダという女性を知っているか？」

「……また、その女性ですか……」

「あぁ。レイモンド伯爵の娘だと聞いているが」

伯爵は大きなため息を吐き、首を小さく横に振った。

「目覚めてから何度も聞かれました。しかし私はそんな女性は知らない……」

「貴方には娘がいなかったのか？」

「いいえ。確かに私には亡き妻との間に娘がいました。ただ、娘は病気がちで屋敷からあまり出たことはなく、顔を知るのは屋敷の者だけでした」

「では、貴方の娘がヒルダと偽名を使っている可能性は……？」

「それはありません。……私が意識を失う前に起こした事故で、娘は亡くなりました。この目でその最期を見たのです。間違いありません」

「すまないが……その事故について詳細を聞かせてくれ」

「あれは、大雨の日でした。他国の医者に娘を診せるための道中、突然馬車が横転したのです。私は助かりましたが、娘は馬車の下敷きに……」

「……待ってくれ。伯爵、貴方は事故で意識を失った訳ではないのか？」

「そのように伝わっていたのですね。正確には、事故後の私の意識ははっきりしていました。娘の死を見て悲しみで立ち尽くしていたのですが……なにやら甘い匂いがしたと思った瞬間から、記憶が途切れています。気付いた時には十年もの月日が経っていたのです」

甘い匂いに……意識の混濁。どこか覚えのある現象は、ヒルダと過ごしている時に似ている。

レイモンド伯爵は俺の動揺には気付かず、頭を抱えた。

「なにがなにやら……目覚めれば見知らぬ邸におり、使用人も知らない顔ばかりです。更にはヒルダという私の娘を名乗る王妃まで……」

「待ってくれ、伯爵。この邸も、使用人も……なにも知らないのか？」

「はい……皆、一年おきに入れ替わっているらしく、昔の使用人との連絡手段もありません」

辺鄙《へんぴ》な土地、レイモンド伯爵の娘を知らない者だけで構成された使用人。

まるで、ヒルダの身辺を隠しているようだ。

そして……レイモンド伯爵の先程の証言には、俺も思い当たることがあった。

「陛下？」

『馬鹿な貴方が、私の誘惑に負けたその日から、結果は決まっていたの』

あの幻覚で喋っていたのは確かにヒルダだった。

誘惑に負けたという言葉が、ヒルダとの出会いを思い出させる。

あれは……カーティアと式を挙げた、三ヶ月後の出来事だった。

パーティーで人に囲まれるのを煩《わずら》わしく思った俺は一人で会場を抜け出し、庭園を眺めていた。

その時、ヒルダが話しかけてきたのだ。

趣味、好きな物、得意なことまで似通っていて、話も上手いヒルダと意気投合するのは早かった。

「一度でいいから、私を貴方の部屋に連れていってほしい」

その誘いに乗ったのは、本当に気の迷いだった。

彼女と過ごす時間の心地よさに惹かれて、一度ならと自室に招いた。

バレなければ問題ないと……そんな気の迷いが膨らみ、気付けば彼女を抱いていた。

そこからの明確な記憶はなく、曖昧《あいまい》にしか覚えていない。

思い返せば幻覚の通り。俺はあの日、ヒルダの誘惑に負けたのだ。

「陛下、どうされました？」

「……行く所ができた。伯爵、俺の来訪は隠してくれ」

「え？」

「起きたばかりのところ、すまなかった。失礼する」

焦る気持ちのまま、レイモンド伯爵邸を後にする。

なぜか……ヒルダについて調べる程、怪しさが増していく。

もし、もしヒルダがあの幻覚と同じく俺を騙しているなら、俺に信用できる者は誰もいない。

そんな中で、一人で生きて行くことへの不安が襲ってくる。

だが唯一、虐げられても俺を愛してくれた彼女なら、信用できるのではないか。

外に停めていた馬車に乗りこみ、御者に声をかける。

「今月の給金は倍にしてやるから、向かってほしい所がある」

「ど、どこでしょうか？」

「……アイゼン帝国へ」

「よろしいのですか？　国をかなり空けることになりますよ」

「構わん、向かえ」

ヒルダへの疑惑と、レブナンのおかしな様子を鑑みると、このまま王城に戻るのは不安が勝る。

貴族たちは俺を蔑み、王城では誰も信用できない。この国を建て直すには、カーティアが必要だ。

彼女に戻ってきてほしいなど、どの口が言うのだと皆が叫ぶだろう。

しかし、俺は彼女の純粋な献身こそが最も安心できると気付いたのだ。

俺に長年支え、冷遇されても愛してくれた彼女なら、希望はある。

俺が自ら迎えに行き、王妃に戻るように願えば……きっと戻ってきてくれるはずだ。

カーティアの中に俺を想う気持ちが残っていると信じて、アイゼン帝国へ馬車を走らせた。

第五章　捨てた気持ち

過去の数々の愚行により、グラナート王国はアイゼン帝国の怒りを買っている。

そんな中、わざわざやって来たアドルフに対応する義理などないが、一応立場は一国の王だ。無下にはできない。

シルウィオとの謁見は通常通り行われることになった。

シルウィオは「待っていろ」と言ったけど、私はアドルフがなぜ今更やって来たのか気になった。

それに、私を狙った首謀者も知りたい……そう思い、玉座の間の扉に耳をつける。

「カ、カーティア様？」

「静かに……話だけでも聞かせて」

衛兵たちに会釈をして耳元に集中すると、うっすらと会話が聞こえた。

「シルウィオ皇帝陛下、謁見の許可をいただき感謝する」

シルウィオはなにも言わない。アドルフに返答したのは、ジェラルド様だった。

「何用ですか」

「カーティアに会わせていただきたい。俺の望みはそれだけだ」

「残念ながら、その要望はお聞きできません。それよりもこちらには聞きたいことが――」

「お願いだ。俺は……やり直したいんだ！　カーティアの愛を今度こそ受け止めてやりたい！」

急に叫びだしたアドルフに、玉座の間が騒然とするのが伝わってくる。

だけど、彼は気にする様子もなく言葉を続けた。

「カーティアは俺に振り向いてもらうために、長年尽くしてくれていた。だが、俺はなにも知らずに彼女を突き放してしまったのだ。失って初めてわかった。俺には彼女が必要なんだ！」

……あぁ。

「直接謝りたい！　やり直したいんだ。今度こそ俺が彼女の愛を受け入れ、冷遇した者たちも全て解雇し……彼女が望む扱いを、約束してみせる」

……駄目だ。

「彼女は冷遇した者たちに怒っただけだ。あれだけ尽くしてくれたのだから、気持ちはまだ俺に残っているはず。……謝罪すれば、きっと彼女は戻ってくる！」

シルウィオに任せた手前、我慢していたけど。

「だから、カーティアに会わせてくれ！」

このまま勘違いでベラベラくだらないことを言われるのは耐えられない。

なにより、過去のことをシルウィオには聞かれたくなかった。

衛兵たちの制止を無視して、私は扉を開いた。

私の性格上、大人しく話を聞くだけなんて無理だったのだ。

「カーティア様⁉」

ジェラルド様が驚きの声を上げ、シルウィオは黙ったまま私を見つめる。

アドルフは私を見て嬉しそうに微笑むと、両手を広げた。

「カーティア、久しぶり」

にこやかに笑う彼を無視して、私はシルウィオの隣、皇后の席に向かう。

アイゼン帝国皇后カーティアとして、アドルフの相手をするためだ。

「カーティア？」

「貴方に……敬称もなしに私を呼ぶことは許可しておりません」

「な……にを」

「まず言っておきますが、私は冷遇してきた者たちに怒った訳ではありません」

「な、ならなぜ？」

「わからない？　貴方への愛なんて無駄だった。だから幸せのために国を出た。それだけ」

「本心は違うだろう？　俺は反省して後悔している！　だから――」

「だから？　なに？」

どうして……そんな信じられないといった顔ができるの？

今更……気持ちが戻るはずもないのに。あり得ない。

「俺たちは幼い頃から一緒にいた！　君は俺を愛し、尽くしてくれた！　あの気持ちは本物だっただろう？　その愛を簡単に捨てるなんてできる訳がない！」

確かに私は彼に尽くして……愛してもらおうと思っていた。

彼は今でもきっと、そんな私の過去の愛情に馬鹿げた希望を抱いているのだろう。

だけど、もう彼に愛してもらおうなんて気持ちは微塵も残っていない。

「本心から、貴方への愛などありません。今はペットのコッコちゃんの方が万倍も好き」

「な……」

「廃妃となる前に言ったはずよ。いつまでもみっともなく私にすがらないで」

「待ってくれ！　俺は君をもう一度愛する。本当だ！　君の尽くす気持ちに応えてみせる！」

「ミルセア公爵やギルクを差し向けておいて、よくそんな言葉を吐けますね」

「は……ミルセア公爵？　なにを言って……」

「……貴方、本当の意味でお飾りの王に落ちたの？　まずは自国のことに責任を持ちなさい」

「カーティア、二人で話をさせてくれ！　俺は……」

「残念だけど、もう遅いわ」

私は隣に座るシルウィオへ小さく頭を下げる。

「口を挟んでごめんなさい、シルウィオ。これが私の本心だから……安心して。後は本当に任せます」

「あぁ」

私はずっと、アドルフが私を諦め、謝罪する時間を稼いでいたのだ。

かつて愛した相手への最後の優しさだった。でも……もうシルウィオの我慢が限界を迎えていた。

今まで沈黙を貫いていたシルウィオが立ち上がり、私に近寄る。

「カティ、お前は俺の妻だ。放さない」

「えっ」

見せつけるように、シルウィオは私の頬を優しく撫でた。

その瞬間、アドルフは声を震わせる。

「こ、皇帝陛下。カ、カーティアと話をさせて――っ⁉」

一瞬だった。

まさに瞬きの間に、シルウィオは距離を詰めてアドルフの首を掴んだのだ。

「あぐッ⁉　あ……が……」

シルウィオは人形でも持つように軽々とアドルフの首を持ち上げていく。

「カティの名を、貴様が気安く口にするな。首を身体から離されたいか？」

「あ……ぐっ……やめろ、俺はグラナートの国王だ……ぞ」

「知らぬ、貴様など。先のミルセア家の非礼も合わせ、その責を取ってもらおう」

シルウィオの瞳はかつてない程に冷たくて、その言葉は本気だった。

アドルフは初めて恐怖を顔に浮かべ、身体を酷く震わせる。

「ミ、ミルセア公爵の非礼？　なんのことだ？　俺はなにも……知らな」

「不愉快だ」

「な……にをっ⁉」

シルウィオは近くに控えていた騎士が腰に差していた剣を抜き取り、アドルフに向けた。

「は？　……や、やめ。嘘だろ？　俺は……国王で」

「……言ったはずだ。知らぬと」

刀身がアドルフの頬に押し当てられる。

アドルフは逃げようともがいたが、シルウィオの力からは逃げられない。

「答えろ。俺にとって手放せない存在であるカティに、どの口が愛をほざく」

「ひ……やめ……」

「自国の問題すら誰かに頼らないとなにもできぬ貴様が……どうしてカティに見合うと思える」

シルウィオの持つ剣が、ゆっくりとアドルフの頬に突き刺さっていく。

痛みで顔をしかめて叫ぼうとするのを、シルウィオが冷たく止めた。

「叫ぶな。目を閉じるな……」

「がぁ……あ、あぁ」

「カティは……今や我が帝国の珠玉だ。貴様ごときが話せる相手ではない」

シルウィオの言葉を嬉しく思いつつ、私は黙って見守る。

皇后として、彼の行動を止めはしない。そんな無責任なことはしてはならない。

これは……帝国を侮辱した非礼に対して、皇帝シルウィオが下す制裁なのだから。

アドルフの頬から血が流れる。彼は涙を浮かべ、必死に口を開いた。

「こ、こんなことをして！　我が国とアイゼン帝国との関係を悪化させてもいいのか⁉」

「別に構わない」

「は⁉　いっっ‼」

剣をズブリと勢いよく刺し進められ、アドルフは助けを求めて私へ視線を向けた。

「カーティア！　お前のせいでグラナート王国とアイゼン帝国の関係が終わるのだぞ！」

「いいですよ。私のせいじゃないですから」

「な⁉　お、おま⁉　ッツ！」

「発言の許可を与えた覚えはないが？」

「やっ！　やめ！」

シルウィオは剣を抜き、今度はアドルフの手のひらを勢いよく突き刺した。

「誰が、カティを見ていいと言った」

「あ……あぁ……」

「もう二度と祖国に帰れぬように……その首を落とす」

シルウィオの振り上げた剣がアドルフの首元に向かう。

その切っ先に、一切のためらいはなく……

「ま、待ってくれ！　お願いだ！　なんでも、なんでも言うことを聞くから！」

アドルフの叫びと共に剣は静止する。

その剣先はほのかに首筋を切り裂き、血の雫が一滴垂れた。

「二言はないな？　誓え」

「は……わ……わかった。お願いだから、剣を……どけてくれ」

流石のシルウィオといえども、一国の王であるアドルフをこの場で殺したりはしない。

謁見の場で無防備な他国の王を殺したなど、アイゼン帝国の悪評となるだけだ。

それをアドルフ以外はわかっていたから、誰も止めずに見守っていたのだ。

「ミルセア公爵の愚行に関与した者の首を差し出せ」

「はっ……はっ……わ、わからない。本当に、俺はなにも知らないんだ！」

「これに、覚えがあるか？」

シルウィオが視線を向けると、ジェラルド様がアドルフに小瓶を近づける。

中身は私がミルセア公にかけられた思考を操る香油をもとに、匂いだけを再現した物だ。

これを差し向けたのがアドルフであれば、効果を知る彼はこの匂いを避けるはずだ。

たとえアドルフが犯人でなくても、同じ匂いがする者を知っているかもしれない。

ジェラルド様がアドルフの手に液体をかけて、その反応を見つめた。

「……これ……は!?」

アドルフは匂いを嗅ぐと、驚きで目を見開いた。

「どうして……？　これはヒルダがいつも付けている香油だ」

側妃のヒルダ……彼女が関係しているというの？

それに……アドルフの証言が正しければ、彼女はこの香油を常に使っていた？

「その者を連れてこい」

「ま、待ってくれ！　なぜ、ヒルダの香油が……」

戸惑うアドルフに、シルウィオは冷たい視線を送った。

「この香油は妻の思考を奪おうとした代物だ。それを持つ愚者に用がある」

「し……思考を奪う？　ま、待ってくれ！　それが本当なら……お、俺もヒルダに操られていたのかもしれない……俺には確かに覚えが……」

アドルフが……操られていた？

そんなことを言われても、嘘だと切り捨ててしまいたい。

しかし、確かに彼は突然私を突き放したことを思い出す。

幼い記憶の中の優しい彼から豹変し、私を冷たく罵るようになった。

もしかして、ヒルダはアドルフが私に悪感情を抱くように、香油を用いたのではないか。

「関係ない」

「な⁉」

私の戸惑いやアドルフの言葉を振り払うように、シルウィオは冷たく言い放つ。

「俺はなにがあろうと、カティ以外を妻にはしない」

「ち、ちが……俺は香油など知らなくて」

「思考を奪う香油……か。言い訳にもならん。王ならば常に身辺を警戒すべきだ。素性も知れぬ女を近づける愚行を犯した時から、一国を治める者として貴様の責任は重い」

「俺は……騙されていただけで」

シルウィオは、手に持つ剣の切っ先をアドルフの首元へ向けた。

「王である以上、責任は全て己にある」

「……っ⁉」

アドルフの片目に血の筋が走る。シルウィオがアドルフの片目を切り裂いたのだ。

「うぁぁぁ‼　が……あぁ」

悲鳴を上げて転がるアドルフを、シルウィオは静かに見下ろした。

「あぁぁ、……ぐっぅぅ」

「黙れ」

「ぁ……ひっ……」

「ヒルダという女を連れてこい。そうすれば国は残してやる。だが、貴様は退位し、グラナートは我らの属国へ下れ」

これが、アイゼン帝国としての落としどころだろう。

香油で操られていたなんて事情は、国同士では酌量《しゃくりょう》の余地にすらならない。

それにシルウィオは侵略ではなく、一番犠牲の少ない未来を選んでくれている。

充分な譲歩だ。私も……それぞれの民が犠牲になる戦争は望んでいない。

「ぁ……そんな」

「断ればグラナートに攻め入るだけだ。猶予としてグラナートと往復の期間、十日を与える」

「ま、待ってくれ！　せめて事情を知るために一ヶ月は……」

「十日だ」

その鋭い眼光に、アドルフは逆らえない。

「……わ、わかった……すぐに戻ってヒルダを連れてくる」

目から流れる血を手で押さえながら、アドルフは私を見つめてきた。

まだ懲りずに、なにを言いたいというのだろうか。

「カーティア……これが最後だ。俺の元を離れて後悔はしないか？」

「しません。さっさとヒルダを連れてきてください。私、彼女にしか用がないので」

「……」

悔しそうに拳を握りしめ、アドルフは護衛たちと共に去っていった。

彼が出ていったのを確認した後、私はシルウィオに告げる。

「シルウィオ、相手は逃げてしまう可能性もあります。十日も待つのではなく、こちらから向かいたいです！」

首謀者である可能性が高い者が判明したのだから、十日も待たずに追い詰めるべきだ。

私のお願いを聞いたシルウィオは、ジェラルド様を見る。

「カティの願いだ。軍備を三日で進めよ、ジェラルド」

「承知いたしました!!　すぐに準備を！　皇后様の願い、必ずや叶えてみせます！」

シルウィオもジェラルド様も、驚く程あっさりと私の要望を受け入れてくれた。

今まで特になにも要求してこなかったおかげかも……

それにシルウィオに珍しくお願いしたからか、彼はどこか嬉しげだった。


その後、グラナートへ向かうための会議は明日行うことになり、私は自身の小屋へ戻る。

もうすっかり夕刻で、シルウィオが送ってくれた。

「グラナート王国のこと、民が犠牲にならないようにしてくれてありがとう。シルウィオ」

「……別に。すぐに終わらせるためだ」

短く答えた彼は、私の肩を抱き寄せた。優しい彼のぬくもりに笑みがこぼれる。

「カティ……」

「どうしました？」

「俺は、また本を読みたい」

「え……」

「また、どこかに二人で行くことを望んでいる」

彼は私の首元に顔をうずめ、独り言のように呟く。

「シルウィ……」

「今は、忙しいが……」

突然、彼が私を引き離し……真っ直ぐに見つめてきた。

「全てが終われば、今までより長く、カティと一緒にいたい。もっと長く」

「え……」

「いいか？」

ジッと見つめてくる彼の願いを、断る理由なんてなかった。

「……いいよ。シルウィオ」

「……」

無表情のままなのに、なぜかシルウィオがすごく喜んでいるのが伝わってくる。

笑みを浮かべ、再び私を抱きしめたと思ったら……足が浮いて……持ち上げられて……!?

気が付けば、彼は私を横抱きにしたまま歩き出した。

「あ、あの……」

「今日はこのままがいい」

「は……恥ずかし……」

「このままがいい」

「わ……わ……かりました」

彼の綺麗な顔がすぐ近くで、ジッとこちらを見つめてくるのだ。

こんなの、鼓動が落ち着くはずがない。

「少し、遠回りで送る」

……そう言われてしまえば、断れない。

「はい……」

赤くなる私の顔をずっと彼は見つめていた。

夜闇の中、月明かりの下で、私とシルウィオはいつもより長い時間を過ごした。

やっぱり……シルウィオは……私が、好き……なのかもしれない。

彼の気持ちに気付いてしまえば、意識せずにはいられない。嬉しくてたまらない。

だけど。

私は……このままでは三年後に死んでしまう。

だから、悲しみの種となるこの想いからは、目を逸らさなきゃ……

——なんて言って、気持ちを捨てて生きていく気はない。

生きられるかもしれないし、生を諦めた訳でもないのだから。

うん、悩むのはなしだ！　これからはこの気持ちに……素直に生きていこう。

それが、私の決めた生き方であり。私が望む幸せだから。

◇◇◇

翌日、今後の対策会議のメンバーに私も入れてもらった。

議題はもちろん、グラナート王国の側妃ヒルダについてだ。

「側妃のヒルダについてはあまり詳細を知らぬが……カーティア様はご存知でしょうか」

ジェラルド様の問いに、首を横に振る。

「彼女について私が知っているのは伯爵家の令嬢ということだけです。社交界にも顔を出している姿を見たことはありませんし、私も王城にいた時は忙しく、詳しくは……」

「なぜ、もうグラナート王国と関係のないカーティア様を狙ったのか。そこがわかりませんな」

考えこむジェラルド様だったけど、シルウィオは座ったまま小さく吐き捨てた。

「理由などいらぬ。カティの望み通り、早期に身柄を押さえられればいい」

「確かに。早期解決が最善ですな。下手に抵抗させると犠牲が増えるかもしれませんから」

さっさと怪しい人物を捕えるのが一番。まどろっこしい手順を踏む必要はない。

まさに武力を突き詰める、帝国らしい考えだ。私もこうしたキッパリした考えが好きだ。

ジェラルド様は、ふと私へ視線を向けた。

「ところで、カーティア様も共にいらっしゃるのですか？」

「はい、帝国でヒルダの顔を知るのは私しかいませんから。それに……シルウィオが一緒に来いと」

私の言葉にシルウィオが頷く。

「カティは俺の傍にいろ。手を出す愚か者が出ぬよう、離れはしない」

彼のワガママにも聞こえるが、実は理にかなっている。なにせヒルダは私を狙っていたのだ。

こんな時は下手に残らず、シルウィオや帝国軍と共にいるのが一番安全だろう。

「グレイン、護衛を数人手配しろ。俺の妻も連れていくのだ、腑抜けは要らん」

「はい！　カーティア様と陛下には傷一つつけさせはしません」

やはり帝国の面々は血の気が多いというかなんというか……問題解決のための行動が本当に速い。

それに、その対応は柔軟だ。立場を問わず、指示や意見が飛び交っている。

話し合いが本格化した時、会議室に一人の文官が慌てて入室し、シルウィオの前で跪《ひざまず》いた。

「皇帝陛下！　至急お伝えしたいことがあります！」

「申せ」

「カ、カルセイン王国の第一王子……シュルク殿下がお越しです。カーティア様の書簡の件でお話があると」

「っ⁉」

私が廃妃となった際に、婚約まで申し込んでくれたシュルク殿下。

彼に香油について尋ねる書簡を出していたけど、まさか帝国まで直接返事をしに来るなんて。

思わぬ報告に、会議室にいた全員が動きを止めた。

……ただ一人を除いて。

「もう解決の目星はついた話だ。帰還させせよ」

相変わらず、シルウィオは相手が誰であっても冷たいようだ。

「そうはいきませんよ」と、彼へ言おうとした……瞬間。

「まぁ、そう言わないでくださいよ。シルウィオ皇帝陛下」

「っ⁉」

突然、私の背後から声が聞こえた。

振り返ればいつの間に来ていたのか、シュルク殿下が後ろに立っている。

整った顔立ちに、夜闇のような黒髪の彼を見間違えるはずがない。

記憶通りの、蒼い瞳が私を見つめている。

「久しぶり、カーティア嬢。いや……今は皇后様か」

い、いつの間に……？

「驚いているね。転移魔法を使えば、帝国とはいえ侵入はかんた――」

シルウィオが彼の言葉を遮った。

「俺の妻に、許可なく近づくな」

「っ――！」

シュルク殿下の首元にはグレインの剣が突き付けられた。

そしてシルウィオが私の身を引いて抱き寄せ、ジェラルド様も剣の柄を握っている。

目にも留まらない圧倒的な速さで、戦闘態勢へ移ったのだ。

「侵入できても、僕程度では……これ以上はなにもできないか」

「カルセイン王国王太子といえど、このような不作法を許されるとお思いでしょうか？」

グレインが剣を握りなおし、睨む。その気迫にシュルク殿下は観念したのか、両手をあげた。

「申し訳ない。どうしてもすぐに伝えたいことがあって、無礼を働いてしまった。許してほしい」

「伝えたいこととは？」

皆の警戒はわかるが、私は思わず問いかけてしまう。

シュルク殿下がここまでするなんて、なにか理由があるはず。

「書簡にあった香油の件、あれはカルセインでも問題になったことがあってね。どうか……話し合いの機会をもらえないだろうか」

「話を聞くとでも？」

シルウィオは聞く耳を持たなかったけど、シュルク殿下は私を見て微笑んだ。

「皇后様からもお願いしていただけないだろうか？　僕は色々と知っているつもりだよ。君の知らないことをたくさん……たとえば、前回のこととか」

『前回』と口にした彼に……私は抗えなかった。

彼は確実になにかを知っている。それを聞かないまま帰ってもらうことなど、できるはずがない。

「シルウィオ、話を聞いてみましょう。カルセインの意見も聞く必要があるはずです」

「カティ……わかった」

私がシルウィオをなだめて、シュルク殿下の会議への同席が許された。

いまだ警戒しているのだろう。グレインを含めた多数の護衛がシュルク殿下の周囲を固めている。

シルウィオは私の手を握って彼を睨みつけ、まるで番犬のようだ。

そんな状況の中でシュルク殿下に香油が渡された。

「確かに……この香油に施された魔法印は、カルセイン貴族の間で普及していたもので間違いありません」

「知っていることを聞くつもりはない」

「シルウィオ皇帝陛下……普及していいたものと言ったでしょう？」

そう言って、彼は香油の魔法印をジッと見つめて言葉を発した。

「まず魔法印についてですが、今のカルセインでこの魔法印を用いている者はおりません」

「理由は？」

「カルセインの魔法技術は日々成長を遂げています。物へ魔法効果を加える魔法印も同様です。しかし……この魔法印は十年以上も前のものだ」

「……」

「今はもっと魔力効率のいい魔法印が主流ですよ。この香油を作った人物は、十年はカルセインから離れているのでしょう」

「香油の魔法印についてはわかりました。次は、先程おっしゃっていたカルセインで問題になったこととなんの関係があるのか、お聞かせください」

ジェラルド様が話の続きを促す。その瞳はいまだに鋭く、手先は剣の柄に触れたままだ。

その警戒ぶりにシュルク殿下は再度、両手をあげながら答えた。

「過去、カルセインには思考を惑わせる魅了魔法を編み出した貴族家がいました。名をナーディス家。その家は国内の有力者の人心掌握を果たし、対抗する貴族を大勢殺した」

「なんと……その魅了魔法が、今回の香油と同じだと？」

「はい。ですが十年以上前にナーディス家の目論見は暴かれ、一族全員が処刑となった。それ以降、魅了魔法は封印されたのです。しかし最近、その家には隠し子がいた可能性が出てきました」

「話をまとめろ」

シルウィオが冷たく言い放つと、シュルク殿下はさらりと答えた。

「もしもナーディス家がかかわっているなら、その存在を抹消したいんです。我が国の名に泥を塗ったこの香油の持ち主を残しておけない。そのために情報を共有していただけませんか？　……先程目星がついているとおっしゃった人物を教えてもらいたい。処理は全てこちらで請け負いますから」

「断る」

シュルク殿下の真剣な申し出を、シルウィオはあっさりと断ってしまった。

流石のシュルク殿下も額に汗を浮かべ、必死に言葉を探している。

「礼金もはずみますし、カルセインの魔法技術も提供します」

「断る」

「……カルセインの土地も提供します。この提案は破格だと思いますが」

「断る」

「かなりいい条件だと思いますが、引き受けていただけませんか？」

「俺の妻を害した者は、俺が処罰する。他の誰にも渡すつもりはない」

シュルク殿下が助けを求めるように私を見るけど……ここは私も譲れない。

私を害した人の始末を他人に任せる程、この怒りは浅くない。

それにカルセインと協力すれば、グラナート王国へ向かう準備に更に時間を要してしまう。

こちらの狙いは早期決着だ。その意思が伝わったのか、シュルク殿下は小さく笑った。

「なら、カルセインは全てが終わった後に首謀者の情報だけ教えてほしい。その者の身辺の残党処理ぐらいは任せてもらえませんか」

「勝手にしろ」

「皇帝陛下の寛大な御心に感謝を」

シュルク殿下からの情報を加え、ジェラルド様はグラナート王国へ軍を進める指示を飛ばす。

周囲が慌ただしく動く中で、シュルク殿下は私に視線を向けた。

「シルウィオ陛下、一つ……お願いが。皇后様と二人で少しだけ話をしても？」

「許可すると思うか？」

本当に、一瞬だった。

――なにが逆鱗に触れたのか。

シルウィオの剣が、瞬く間にシュルク殿下の首元へ突きつけられる。

「おかしいな。僕が持つ情報では……皇帝陛下はあまり他者に執着しない方だと」

「カティに近づく者は許さん」

「……これはまいった」

もはや話し合える雰囲気ではなく、シルウィオは本気でシュルク殿下を斬ってしまいそうだ。

でも、私も少しでいいからシュルク殿下と話をしたかった。

なぜなら……彼は確かに『前回』と意味深な言葉を口にした。その真意を聞かねばならない。

「シ、シルウィオ？」

「……下がれ。傍にいろ」

「あの、少しだけなら。私は大丈夫ですよ」

「駄目だ、許さん」

これは……奥の手を使おう。

本当はこんなことで彼の気持ちを利用したくないけど、今は仕方がない。

「な、なら。シルウィオ！　許してくれたら、今日は夕食を一緒に食べましょう？」

「……」

「夜も遅くまで話せますし、長く一緒にいられます」

「………………」

「二人で一緒に」

長い、長い沈黙が流れた後に、シルウィオは剣を下げた。

「俺の妻に、指一本触れるな」

「もちろんです、陛下」

シュルク殿下に釘を刺した後、シルウィオは私の髪を優しくすいた。

「目の届く範囲で、少しだけだ」

「……ありがとう、シルウィオ」

頭を下げつつ、シュルク殿下と共に会議室の隅に移動する。

「じゃあ、なるべく手短に終わらせようか。僕が殺されてしまう」

今この瞬間にもシュルク殿下にはシルウィオの鋭い眼光が向けられ、余裕がなさそうに見えた。

「シュルク殿下、貴方が言った『前回』とは……どういう意味ですか？　なにを知っているの？」

「簡単だよ。僕は一度目の記憶を持っている。正確には、僕が時間を戻したんだけどね」

シュルク殿下は、あっけらかんと衝撃の言葉を告げた。

「そして今世で唯一、前回と違う行動をした君も、同じく記憶を持っているはずだ」

言葉が出なかった。

いきなり告げられた真実を上手く整理できない。

「驚いているところ悪いけど、時間がないから説明を続けるよ」

「……は、はい」

「信じられないかもだけど、まずは前回……君が亡くなってからのことを話そうか」

シュルク殿下は説明を続けた。混乱しながらも私はゆっくりと理解していく。

前回……つまり私が孤独に死んだ後、グラナート王国は私という外交の柱を失い、王家の信頼は喪失。他国とは完全に交流が途絶えてしまった。

そのことに不満を募《つの》らせた貴族が反乱軍を結成し、戦火が巻き起こった。

そして広がった戦火は、アドルフの処刑という結末を迎えた。

不思議なことに、これを機に周辺国家でも不自然な国王の死や、理解できない侵略などが起こり始めた。まるでグラナート王国の反乱が火種だったかのように、治安が乱れたのだ。

「賢王と呼ばれた国王でさえ不可解な侵略を繰り返し、各国で争いが広がったんだ」

そうして、最も恐るべき事態が起こった。

様々な国家の思惑が混ざり合い、カルセイン王国とアイゼン帝国にまで戦火が燃え広がったのだ。

「後はわかるはずだ。大勢の民が飢えて、苦しんで、亡くなった」

「……」

「カルセインは……もはや戦火を止めることはできないと判断し、最後の方法を使った」

「それが……時間を戻すということなのですね」

私の言葉にシュルク殿下は頷いた。

「カルセインの魔法学者……君が提案した平民階級の者たちが編み出した技術だ。大きな代償と共に世界の時間を逆行させる魔法を用いた」

「大きな代償？」

「そこは、最後に話すよ。逆行魔法の術者には当時の国王であり、逆行魔法に耐えうる魔力を持つ僕が選ばれ、十年という時間を戻した」

戦乱の最中から十年戻った先が、私が二十二歳になった年だったのだ。

「そして、時間が戻った先で明らかに前回と違う行動をとっていた君に会いに行った」

「私に婚姻を申し出た時ですよね」

「あぁ。実際に会って、原因は不明だが君が一度目の記憶を持っていると確信した。本当は拘束して連れ帰ることも考えたが、君が独自に動く影響が未来を大きく変えるのではないかと賭けてみたんだ」

シュルク殿下は会議室の机の上に置かれたままの香油をちらりと見て、ニコリと微笑む。

「結果、思考を惑わせる香油なんて物が出てきた。前回と違って首謀者が痕跡を残したんだ。きっと、あれが前回、戦火を広げた元凶だろう」

「その思考を惑わせる魅了魔法を用いたのが、ナーディス家だと……」

「そうだ。疑惑だったナーディス家の隠し子が、香油の存在でほぼ確実となった」

シュルク殿下が破格の条件でヒルダの情報を欲した理由がわかった。

世界中に広がる戦争など、原因がわかったならなにがあっても止めたいはずだ。

「しかし、どうして私に話してくださったのですか？」

「……僕は、君が前回の記憶を持つからこそ。味方になってほしかったんだ」

「味方……？」

「大きな魔法には代償が必要でね……僕は寿命を捧げた。恐らく十年も経たないうちに僕は死ぬ。逆行魔法を使えるような魔力を持つ者はそうおらず、全て今回にかかっている」

自分の死を語るシュルク殿下からは、覚悟が伝わってくる。未来を救うために人生すら捧げた彼が背負うものは、どれ程重いのか想像もできない。

「こんな話を受け入れてくれるのは、一度目の記憶を持つ君しかいない。だから頼みに来た。絶対に首謀者を逃がさないでくれ。同じ結末を迎える訳にはいかない……頼んだ」

「わかりました。二日後には元凶を捕らえるため、グラナートへ向かいます。任せてください！」

「……へ!?　ふ、二日後？　ほ、本当に？」

「はい！」

まさか、帝国がここまで早期解決のために動くとは思っていなかったのだろう。

シュルク殿下は心底驚いたように口を開いた。

「はは……なるほど。僕が思う以上に……帝国も君も、大胆で頼もしいみたいだ」

驚きつつも笑みを浮かべた彼に、私はコッソリとヒルダの名前と特徴を教えておく。

万が一、私たちがヒルダを逃がした際に備えて、彼も知っておいた方がいい。

シュルク殿下は、もし私たちがヒルダを逃した際は必ず動くと約束してくれた。

シルウィオの視線が鋭さを増し、そろそろ話を終えようとした時に彼は再び私に問うた。

「一つ、君に聞いてもいいだろうか」

「どうしました？」

「怖くないのか？　君の死は三年後だ。その事実を知って、なぜ明るく過ごせる？」

「っ……」

彼の声は震えていた。これは王子としてではなく、一人の人間としての質問なのだろう。

「僕は今から死ぬのが怖くて仕方ない。カルセインには死を救う魔法もあるが、逆行魔法と同じくらいの危険な魔法だ。きっと……運命に逆らっても、生きられる可能性は低いだろう」

寿命が残り少ないという恐怖は、私にも痛い程よくわかる。

日々を幸せに過ごすと、より苦しさを増すのだから。

だけど私は、廃妃となった日から変わらない考えを伝えた。

「シュルク殿下……私にとっては今この瞬間も、もう戻らないと思っていた時間です。それがたとえ三年だけでも、ひたすら楽しんで過ごせれば充分……それに、未来が変わったら、寿命が長くなる可能性もありますから！」

私が明るく答えると、シュルク殿下は目を瞬く。

「君は凄いね。僕は今からでも恐ろしい……変えられない死期が近づくことが」

「シュルク殿下、私も貴方も、きっと運命を変えられるはずです。諦めなければ」

真っ直ぐにそう返すと、彼は眩しいものを見たように目を細めた。

「なぜか……君の明るい言葉は、信じられる気がするよ」

「はい、信じてください！　私も貴方も……運命なんて変えてみせましょう！」

「そうだね……僕も諦めていられない。やっぱり君に話してよかった。心が救われたよ。……これはお礼になるかわからないけど。君に」

シュルク殿下は小さく頭を下げながら、懐から一冊の本を取り出した。

「これは……？」

「君が望んでいた、カルセインの魔法学書だよ」

「……っ!!　い、いいのですか!?」

私が頼んでおきながら、カルセイン王国の魔法学書を持ってきてくれた彼に驚きを隠せない。

自国の歴史と英知が詰まった書物を、交流の乏しい国へ簡単に渡すなどあり得ない。

私の驚きをシュルク殿下は想定していたのか、嬉しそうに笑った。

「この書物を渡すのは、カルセインが君を信じているからだよ」

「わ……私を？」

「そう、かつて王妃として国交の柱を築いた君ならば、アイゼン帝国とカルセインを結ぶかけ橋になってくれると信じている。今は失われたグラナート王国の中立国としての役目を果たしてくれるとね」

「シュルク殿下……お任せを。私は自分の幸せのためにも、争いなど決して起こさせはしません」

「ありがとう。それでは……僕は国に戻る。君を見習って死に抗ってみるよ」

「こちらこそありがとうございます。シュルク殿下。私は貴方のおかげで……」

「……大丈夫。僕も、君から生きる希望をもらえたから」

シュルク殿下は清々しい表情を浮かべ、胸に手を当てた。

「カーティア皇后、貴方の……永遠の幸福を祈っております」

そう言い残し、シュルク殿下は会議室を後にした。

私は出て行く彼の背を見届けてから、シルウィオの下へ戻る。

「ごめんね、シルウィオ……待ってくれてありがとう」

お礼を告げると、彼は無表情のまま隣の椅子を引いて私の手を掴んだ。

「座れ」

「え……」

「隣に座っていろ」

「うん。わかった」

心配をかけたのかもしれない。

椅子同士の距離はいつもより近く、まるで肩を寄せあっているようだ。

そんなに近くにいても、握った手は離さないままだ。その心配が今は心地よかった。

「カティ……予定を早めて明日には出る。俺は早く二人の時間を作りたい」

「っ!!　う、うん。ありがとう……シルウィオ」

カルセインがかかわっていないとわかり、帝国の判断はより早まったのだろう。

そして、二人になりたいと素直に言われたのが嬉しかった。私も同じように思っていたから。


その日、シュルク殿下と話す対価に約束した夕食のため、私は彼の政務が終わるのを待った。

時間には余裕があるので、今はコッコちゃんと過ごそう。

「コケ！　コケケ」

「コッコちゃんは可愛いね～」

『怖くないのか？　君の死は三年後だ』

ふとシュルク殿下の言葉が脳裏をよぎるが、不安はない。逆を言えば、あと……三年も生きられるのだ。

孤独に絶望したまま死を迎えたはずが、おこぼれのようにもらった新たな人生。

たとえ三年だけでも、私は嬉しい。シルウィオや帝国の皆……コッコちゃんとも出会えたのだから。

「コッコちゃん、私ね。貴方や皆に出会えて嬉しいよ」

「コケ？」

孤独とは縁遠い今の人生。それに……三年後も生きる術《すべ》だってきっとある。

私の未来は、希望にあふれているのだ。

「ふふ」

「コケケ！」

微笑みながらコッコちゃんを見つめていると、「カーティア様」と声をかけられた。

振り返るといつの間にいたのか、グレインが片膝をついていた。

「どうしたの？　グレイン」

「失礼ながら、陛下にも内密でカーティア様にお願いがあって参りました」

「お願い？」

グレインの翡翠の瞳が私を射貫く。その真剣な表情に思わず息を呑んだ。

「実は……半年後に陛下の二十五歳を祝う誕生会が行われる予定なのですが……」

「それが……どうかしましたか？」

「陛下と、出席していただけないでしょうか」

「……まず、理由を教えてください」

「カーティア様が政《まつりごと》を避けているのはわかっています。しかし最近、シルウィオ様が今まで欠席していた誕生会の日程を何度も確認しており……」

グレインは真剣な表情で言葉を続ける。

「カーティア様が参加できないかと、ジェラルド様にも聞いておられたのです。しかしカーティア様は政《まつりごと》が嫌いだと聞いて……無表情のままでしたが、落ち込んでいるように見えて」

酷く真剣な表情で、グレインはシルウィオが隠したいであろう話を赤裸々に明かしている。

それにしても……シルウィオが無表情のまま落ち込む様子は想像しやすい。

「陛下は恐らく、カーティア様と共に出席することを楽しみにしておられます。なので……」

「わかりました。シルウィオには私から頼んでみますね」

「あ、ありがたきお言葉です！　カーティア様」

生誕祭に一緒に出席するだけで、シルウィオが喜んでくれるなら私も嬉しい。

しかし……

「それにしても明日にはグラナートに向かうというのに、悠長ですね……グレイン」

呆れる私に、グレインはなんでもないように軽く笑った。

「俺がいます……お二人の身に傷などつけさせませんよ」

朗らかな笑みを浮かべる彼は、その実力を買われてシルウィオの傍に控えているのだ。

だからこそ、彼の言葉は頼もしかった。

「頼りにしてますね、グレイン」

「はい！　お任せを！」

グレインは持ち場へ戻っていき、その数分後にシルウィオが私を迎えにきてくれた。

無言のまま彼は私の手を握って歩く。もう、二人で歩く時は手を繋ぐのが当たり前になっている。

招かれた部屋には、多くの料理が並べられていた。

対面に座った私とシルウィオは、会話を挟みつつ食事を堪能した。

彼との会話は決して弾んでいるとは言えないけど、一つ一つの言葉に想いが込められていて、なんだかくすぐったい気持ちになる。

食後に水を飲んでいると、シルウィオはそっと自分の隣の椅子を引いた。

「カティ、隣へ」

「ふふ、はい」

呼ばれて隣に座ると、机の下で彼が手を握る。

そのままなにかを言いたげにジッと見つめてきた。

「どうしました？」

「……」

「言ってください、シルウィオ」

「今日は夕食だけでなく……もう少し長く共にいたい」

「っ……」

その言葉に心臓が跳ねる。私も、二人で少しでも長くいたいと思っていたから。

「いいですよ、シルウィオ」

「……」

相変わらず沈黙したままだが、その雰囲気が和らぐ。彼が喜んでいるのが伝わってくる。

グレインの頼みを実行するなら……今だろう。

「シルウィオ、半年後……貴方の二十五歳を祝う誕生会があるのでしょう？」

「……別に、興味はない」

ジェラルド様に聞くぐらい興味があったくせに、と野暮なことは言わない。

でも、少しからかいたいと思ういたずら心が口を動かした。

「あら、そうなの？　私、その会に参加しようと思っていましたが……残念です」

「カティが出るなら、俺も出る」

「ふふ、興味がないのに？」

「カティと一緒なら出たい」

素直にそう言った彼に微笑みつつ、頷いた。

「では、半年後を楽しみにしていますね」

「……あぁ」

返事は短くとも、彼が嬉しそうに頬を染めたのが見えた。

隣に座って寄り添いながら、私が眠くなるまで、シルウィオと二人きりで夜を過ごす。

帰り道も彼が送ってくれて、私は幸せな気持ちで眠りについた。

◇◇◇

翌朝、グラナートへ向かう前にコッコちゃんに餌を与えていると、ジェラルド様が慌てた様子で走ってきた。

「カーティア様、朝早くに申し訳ありません。グラナート王国の騎士がどうしても貴方へ届けねばならない書簡があると……どうやら、アドルフ王からのようです」

アドルフから？

しぶしぶ見ると、ジェラルド様は書簡とは思えない程ぐしゃぐしゃの紙を持っていた。

「かなり急いで来たらしく……届けに来た騎士は疲労で倒れ込んでしまいまして。事情もわかりません」

ジェラルド様は戸惑い気味にそう告げる。

私も意味がわからない。だが、とりあえずは中を見るしかないだろう。

「カーティア様、共にご確認を」

「はい、わかりました」

手紙を開けば、急いでいたのか、乱雑な文字が並ぶ。しかし……内容はかろうじて読めた。

『カーティア。ヒルダの狙いは、カルセインへの復讐のために大戦を起こすことだ。帝国を刺激したのは、おそらくグラナートで俺に反感を持つ反乱軍と鉢合わせて争わせるため。ヒルダは再び戦火を起こすつもりだ。同じ過ちを繰り返さないように……帝国がグラナートへ向かうのを阻止してほしい。二度も、君が死んでしまった悲劇を繰り返したくない』

「反乱軍？　真偽が定かではないですな。我が国を足止めするためにも思えます」

「……そう、ですね」

ジェラルド様はそう言うけれど、私はこの手紙を信じたいと思えた。

『二度も』という文言があったからだ。恐らくアドルフも私と同じように……

「ジェラルド様、私は……信じてみたいです。知って私たちに伝えてくれたのではないのでしょうか」

ジェラルド様は私が信じたことに面食らったようだが、すぐに神妙な表情を浮かべた。

「であれば、忠告に従い、一度グラナートへ向かうのを止めるべきでしょうか……」

「……いえ、むしろ」

ジェラルド様の言葉を遮り、思考を巡らせる。

「予定通り、今すぐに向かうべきかもしれません。帝国がアドルフに与えた期限は十日。ヒルダがそれを知れば、きっとその間に準備を始める……つまり」

「今すぐに発てば、不意を突けるということですな」

「はい。それと……ジェラルド様に一つお願いがあります」

「はっ!!　なんなりと」

ジェラルド様へあることを託した後、予定通り私はシルウィオと共にアイゼン帝国を出た。

ここからは勢いが大切だ。その点は帝国の決断の速さで虚を突ける。

ヒルダの思惑はわからないし、目的も不明だ。

しかし……シュルク殿下から過去の真相を聞いて、アドルフが伝えてくれた情報のおかげで、最悪の展開は避けられるはずだ。

警戒すべき魅了魔法も……今の帝国ならば対策を立てられる。

私たちの目的は変わらない。

ミルセア公爵を送り込み、私を害そうとした首謀者と思われるヒルダを決して逃さず、迅速に捕らえるだけだ。

悲願の花・四　アドルフ side

馬車の揺れが、皇帝シルウィオから受けた傷に響く。

「くそ……」

「陛下！　まずは傷のお手当を！」

「手当は後でいい。それよりもっと急がせろ！」

ギルクたちがあれだけ恐怖していた理由がようやくわかった。

実際に皇帝を前にして、侮《あなど》っていた気持ちは消し飛んだ。

あの冷たい雰囲気と鋭い眼光……思い出すだけで身体が震えて止まらない。

もらった十日間の猶予では、ヒルダに事情を聞き、貴族たちを納得させるには明らかに時間が足りない。国中が混乱し、俺の王座も危うい状況なのに。

しかし、逃げられない。あの皇帝が下した指示に逆らうなどできるはずがない。

「馬を飛ばせ！　昼夜問わず走らせよ！　すぐにグラナートへ戻れ！」

一刻も早くヒルダを問いただし……アイゼン帝国にその身を引き渡さなければならない。

あの皇帝の機嫌を損ねれば……今度こそ本当に俺の命は——

「……っ」

傷がじくじくうずき、寒気が襲ってくる。

帝国へ赴いた代償はあまりにも重かった。

しかも、頼みの綱だったカーティアはもう……俺を見てすらいなかったのだから、無駄足だ。

「くそっ……どうしてだ。カーティア……」

俺の知る彼女は、どんな時だって尽くしてくれた。

冷遇されていても俺と会うたびに笑い、話しかけてきた健気な彼女を思い出す。

あの頃の彼女であれば、俺がもう一度愛してやれば戻ってくるはずだったのに。

なにかが彼女の心を変えるきっかけになったのだろうか。

「……いや。もういい」

考えても仕方がない。カーティアの心はもう既に、俺の下には無い。

今は、ヒルダが俺を操った事実を証明して皇帝に差し出すしかないのだ。

覚悟は決まり、馬車に揺られて一日が経過する。

「国境を越えました！　あと半日もあればたどり着けます！」

「急げ！」

思ったよりも早く城へ戻れそうだ。

着いたらまず、ヒルダの身柄を拘束して……

「なっ!!　止まっ!!　へ、陛下！　掴まってください！」

「は……なにが――!?」

御者の急な叫び声が聞こえ、馬車が猛烈な勢いで横転して空へ舞う。

その瞬間、意識は途絶えた。

◆◆◆

『どうして……こんなこと……を』

胸に刺された剣からは、血が滴《したた》り落ちて止まらない。

力が抜け、膝を落とせば、剣を握るヒルダが微笑む。

玉座の間では多くの者が入り乱れ、殺し合いを繰り広げている。

彼らは全て、グラナートの民だ。

目の前の惨劇は……王家に仕える騎士団と、俺に反感を持つ貴族が興した反乱軍の衝突だ。

『惨《みじ》めな女が死に、貴方は王としての求心力を失った。そんな貴方を見限った貴族をちょっとそそのかせばこの有様よ。もはやグラナートは終わりなの』

『な……ぜ……君は……俺を、愛して……』

『この国はね、始まりにすぎないのよ、アドルフ』

『な……にを』

『グラナートを最初の火種にするため、私が内側から瓦解させてあげたのよ。全ては、ナーディス家の悲願を叶えるため……』

『ナーディス家の……悲願……？』

ヒルダの笑みは美しいはずだったのに、今は酷く醜悪に見えた。

『貴方は種だった。この香油を完成させるための』

彼女が小瓶を揺らし、中身の液体を見せつける。

『調整が難しいのよ。濃さによっては思考を奪いすぎてしまう。レイモンド伯爵には加減を間違えて、十年ちかくも眠らせてしまったわ』

彼女が遊ぶように香油を自身の胸に垂らした。覚えのある甘い香りが鼻孔をくすぐる。

『だから貴方で実験をしていたの。そして……完成した。この香油があれば、誰だって虜にできる！　あらゆる王や皇帝、全員が私の駒になるのよ！』

胸に刺さった剣は肺を貫いているらしい。呼吸もままならず、ヒューヒューと空気の抜ける嫌な音がした。その苦しさに耐え、なんとか彼女へと問いかける。

『どうして、そんなことを……』

『ナーディス家はね、永遠に消えない富を築くために魅了魔法を作り出したの。魅了魔法は全てを意のままにできるのに、それを使わない愚か者はいないでしょう？』

『富のためだというなら、グラナートで争いを起こす必要はなかったはずだ！』

『だから、あくまでこれはきっかけなのよ』

ヒルダは俺を見下ろし、クスリと笑う。

『ナーディス家は魅了魔法を用いてカルセイン王国の支配を計画した。だけどこの魔法の価値もわからない馬鹿な王家に私の家族は殺されたの。その恨みを晴らすため、あの国を巻き込む戦争を起こすのよ』

『そんな理由で……戦争を……我が国を……』

『あら？　貴方も共犯じゃない』

『ち、違う……俺は』

『違わない。貴方は目先の欲に負けて私を抱いた。私も同じよ、自分の欲のために貴方を利用して……あの女を殺したの』

殺した？　あの女とは、カーティアのことを言っているのか？

『な、なぜ……』

『大人しくしていればいいのに、他国との交流を強固にするんだもの。あの女がいたら戦火が広がる前に収められてしまうかもしれない。だから、飲み物に毒を仕込んであげたの』

怒りがこみ上げても、もう身体に力が入らない。微笑むヒルダを見上げることしかできない。

『無様だったわ、あの女は苦しみながら貴方の名前を呼んでいたのよ。笑っちゃった』

ヒルダは心底おかしそうに口元を歪め、言葉を続ける。

『最後まで貴方に尽くしたのに可哀想ね。私が侍女に金銭を渡して冷遇させ、他にも皆があの女を軽視するように仕向けたのに、それでも貴方を愛していたのよ』

『お……前が……カーティアを……』

『何度も言わせないで、貴方もその方棒を担いでいたのよ？』

『……っ!?』

『貴方が私の誘惑に負けたせい。貴方がカーティアを遠ざけたせい。全部、貴方のせいよ』

俺が……カーティアの、死の原因。

『教えてあげる、カーティアは貴方に死を望まれていると聞いて息を引き取ったわ。ふふ……誰よりも愛を望んでいたのに、誰からも愛されずに死んだのは滑稽よね』

『ヒ……ルダァァ!!　……ッツ!!』

叫んだ瞬間、口から血が噴き出す。意識を保つのも……限界だった。

『もう大人しく死になさい。私はこれから完成した香油で……家族を殺したカルセイン王国を消してみせる。そして最後は世界統一国家の妃になるわ。この香油があれば……思うがままよ』

『……ま、て』

『感謝しているわ。ナーディス家の悲願は貴方という種のおかげで実ったのだから』

笑いながら去っていくヒルダの背に手を伸ばす。

周囲は燃え盛る炎に包まれて、悲鳴と逃げ惑う声が聞こえる。

この事態に陥ったのは俺の過ちのせいだ。俺のせいで君が死んで……国が絶えた。

『すまない……カーティア……』

もし……やり直せるのなら。俺は……今度こそ君の——

◆◆◆

「っ⁉」

「陛下！　ご無事ですか！」

俺は……気を失っていたのか。

目を開けると、横転した馬車の中で横たわっていた。

馬車の扉は上を向いており、一人では出られない。

「陛下！　所属不明のグラナート軍がこちらを襲っております！」

「な……にを」

「掴まってください！　直ちに避難を！　既に護衛が交戦しております！」

「……」

若い騎士が馬車の中へ閉じ込められた俺に手を伸ばす。

だが俺は、その手を取らずに、落ちていた紙に文字を書き始めた。

先程の夢で全てを思い出したのだ。

俺は……二度目の人生を生きていると。

幻覚だと思っていたあれは、前回の人生で死ぬ間際の記憶だった。

いまだに信じられないという気持ちが大きいが、ヒルダの目的を思い出す。

……すぐに先の事実をカーティアへ伝えなければ、最悪の事態を招くことになる。

「陛下！　時間がありません！　お早く！」

「待て！」

思い出したことを書いていくが、俺が送る手紙を今のカーティアが信じてくれるだろうか。

『私は、貴方への気持ちなんてありませんから』

ふと思い出したのは、カーティアの言葉だ。

彼女の行動は、前回の人生とは明らかに違う。

突如使用人に反抗し、全てを捨てて廃妃を受け入れた。俺への気持ちは微塵も残っていない。

これら全てに納得ができる理由があるではないか。

彼女も……俺と同じなのだ。

前回の終わりを知っているなら、俺を許せるはずがない。愛せるはずがない。

気付いた瞬間に罪悪感と後悔が押し寄せたが、今はそれを考えている場合ではない。

俺と同じ、二度目を生きる彼女にだけ伝わるように文を書く。

同じ過ちを繰り返さないように。

「陛下！　なにをされているのですか⁉　お早く！」

騎士が再度叫んだが、俺は彼に手紙を渡した。

「この手紙を……帝国のカーティアの元に届けろ。これは王命だ」

「な……にを⁉　早く手を！」

身に着けていた宝石類を外し、それらを全て騎士に押し付ける。

今は、この騎士を信じるしかない。

「これをやる。だから命に従え。なによりも重要なことだ」

「へ、陛下……？」

「頼む……もう、二度と同じ過ちを繰り返す訳にはいかないんだ」

「……わ、かりました。無事な馬をお借りします」

「ありがとう。頼んだぞ」

彼にとっては意味のわからないことだらけのはずだ。

それでも……俺の真剣さが伝わったのか、手紙を握りしめてその場を離れていった。

後は、信じるしかないだろう。

しばらくして、戦っていた騎士たちの声が途絶え、大勢の足音が近づいてきた。

「馬車の中に残っているはずだ」

聞き慣れた声と共に横転した馬車の天板が剥がされて、外が見えてくる。

見慣れた鎧をまとい、見知った顔の数々。やはり……前回と変わらない。

グラナートの者たちだ。

「お迎えにあがりましたよ、陛下」

「レブナン大臣……」

「グラナート貴族はヒルダ様の声を受け、反乱軍を結成しました。貴方には我が国の権威を失墜させた責任を取っていただきます」

虚ろな表情で淡々と述べるレブナンの指示で、俺は捕縛された。護送用の馬車へ押し込まれる。

これは前回と同じだ。

ヒルダがけしかけた貴族家からの反乱を受け、俺は責を問われる。

このままでは、ヒルダの望み通りになってしまうだろう。

だが……あの手紙さえ届けば、最悪の事態は避けられるはずだ。

◇◇◇

あれから何日経ったのか、俺は玉座の間で縛られ、後悔するばかりだった。

幻聴も、幻覚も……前回の悲劇を繰り返さないための、無意識の俺自身からの忠告だったのだ。

それを無視し、判断が遅れたことを悔んでも悔やみきれない。

「アドルフ」

不意に聞こえた声に顔を上げると、そこには前回の記憶と変わらない笑顔のヒルダがいた。

「不満が募《つの》った貴族たちは貴方を断罪する準備を進めているわ。私が操るレブナン大臣のおかげで誘導もしやすかった」

「ヒルダ……」

「あと何日かすれば……アイゼン帝国はこのグラナートへと攻め入ってくる。それを反乱軍とぶつけ、この地で大きな戦乱を起こすのよ。あとは私が徐々に他国を操って戦火を広げていくわ」

夢と同じだ。俺に見せる醜悪な笑みも、その目的も全て。

「計画のためにあの女は殺す予定だったけど、逃げられちゃったわね。まぁ、おかげで帝国を挑発することができたわ」

「……」

「貴方もなぜか私を疑って余計な行動をしてたみたいだけど……ふふ、残念ながら計画は順調よ。貴方にも教えてあげましょうか？　私の本心や、出自の真実を――」

「知っている。俺は全部……思い出した」

「は？　なにを言ってるの？」

大丈夫だ。俺は二度も同じ過ちは起こさない。あの手紙は必ず届くはずだ。

「カーティアにはお前の考えを伝えている。帝国がこの地にやってくることはない……」

「な……どうしてそこまで貴方が知って……」

カーティアは戦争を起こさないために帝国軍を止めてくれるはずだ。

「ヒルダ様、ご報告がっ!!」

すると突然、玉座の間へと一人の騎士がやってきた。

近衛騎士団も操られているようだ。

「どうしたの？」

「て、帝国が攻めてきております！　それも、カーティア様と共に!!」

「っ!!」

「は!?　そ、そんな訳ないわ！　軍を率いてくればすぐにわかる！　各地から報告が入るはずよ！」

カーティア……どういうことだ……？　手紙は届かなかったのか？

「それが……警備に見つからないよう、少数で来ていたのです！」

「は!?　なら！　すぐに止めなさいよ！」

「我々では帝国騎士に対抗できず……」

「どこまで来ているの!?」

近衛騎士は酷く言いづらそうに、報告を続ける。

「す、既に王宮内を……恐ろしい速さで突き進んでおります。この玉座の間まで、あと少しです！」

「は……はぁぁ!?　逃げられないじゃない！」

そうか、カーティア。君は俺が思う以上に……逞しく生きているようだ。

ヒルダの不意を突き、確実に捕えるために早々に決着をつけにきたのだろう。

カーティアの狙い通り、ヒルダからは余裕が失われていた。

しかし、彼女もただでは折れない。俺を見つめてニヤリと笑う。

「いいわ、なら……アドルフを操って、カーティアを懐柔しましょうか」

ヒルダはこれ見よがしに香油の瓶を揺らし、俺に近づく。

こいつもどうやら、今のカーティアの心をわかっていないようだ……

もう、手遅れだというのに。

第六章　貴方は生きている

私たちはアイゼン帝国から順調に馬を進め、二日後にはグラナートの王宮前にたどり着いていた。

見つからないように進み、少数精鋭で強固な門の前に立つ。

「行くぞ」

「はっ!!」

シルウィオの号令と共に、馬が駆けていく。

地鳴りを上げ、風を切り、勢いのままに真っ直ぐに王宮へ突き進んだ。

私もシルウィオが操る馬に一緒に乗って、落ちないように彼の腰にしっかり腕を回す。

「と、止まれ！　ここはグラナートの王宮だぞ！」

「止まらんか！」

「皆様、私はヒルダに用がありますので、行かせてもらいます！　どいてください！」

「は？　え⁉　カ、カーティア妃⁉」

シルウィオの後ろから顔を出すと、衛兵たちは驚きの表情を浮かべた。

彼らを無視して、シルウィオはグラナート王宮の門に手をかざした。

次の瞬間──魔法により、門は大きな破砕音と共にへし折られる。

隙間が生まれ、帝国騎士はそこから突撃していった。

ここからはひたすら勢いだ。律儀に面倒な入宮申請などするはずない。

私たちはヒルダを捕えるために……攻め入るのだから。

「行きましょうか、シルウィオ」

「あぁ……カティを狙ったこと、後悔させてやろう」

私とシルウィオは馬を降り、帝国騎士に囲まれて悠々と王宮内を進む。

ヒルダ……好き勝手していたみたいだけど、ここからは私たち、帝国の番だ。

「さぁ、皆さん行きましょう！」

「はっ‼　カーティア様！」

「カティ、俺の傍を離れるな」

シルウィオが私の手をぎゅっと握る。馬上ではもっと密着していたから、少しでも離れるのが不安なのかもしれない。

呑気にも可愛いなと思ってしまうが、今はそれどころではないと気を引き締める。

ヒルダに逃げる時間を与えないため、確実に捕らえるためには立ち止まってはいられないのだ。

突き進んでいくと、思わぬ集団に行く手を阻まれた。それは衛兵でなく、私を冷遇していた侍女たちだった。

「カーティア様!? お帰りになっていたのですね！」

「どいて、貴方たちと話している暇はないわ」

「そ……そんな！ 王家に対する反乱軍が迫っていると聞いています！ だから私たちを救いにきてくださったのですよね!?」

「王妃時代、私を助けてくれる優しさが貴方たちにあれば、私の考えも違っていたかもね」

「お、お願いします。私たちはどうすればいいのか……」

「どうすればいい？」

そんなの、決まっている。

瞳を潤ませる侍女たちへ、私は微笑みと共に答えた。

「前に言ったでしょ？ さっさと仕事を辞めなさいと」

「あ……あぁぁ！」

「邪魔です。どいて」

彼女たちに構う時間がもったいない。

突き放して進んでいくと、今度は文官たちが走ってきた。

ああもう、急いでいるのに……！

「カーティア様、お戻りになったと聞いてまいりました！　私たちは貴方への対応に反省しております！　どうか、お許しを！　そしてグラナートをお救いください！」

「反省なんて望んでいません。それでは」

「そ、そんな！　カーティア様ぁ！」

文官たちにつられるように、侍女たちも再び私の元へ集まってきた。

うっとうしい、と顔をしかめた瞬間、シルウィオが一歩踏み出す。

「邪魔だ……俺の妻の前に立つな」

シルウィオに躊躇《ちゅうちょ》はない。

私にすがるように駆け寄ってきていた文官や侍女たちへ手をかざした。

彼らの身体が浮き、「ぅ、うわ！」「た、たすけ――」と悲鳴をあげながら窓から放り出されていく。一気に流れ落ちていく様子は滝のようだ。

ここは三階、死にはしないが大怪我は必須だろう。

まぁ、もう私には関係ないか。

「ありがとう、シルウィオ。急ぎましょう」

「あぁ」

シルウィオの脅しが効いたのか、後からやってきた者たちは平伏する。

私の周りにいるのが帝国騎士であることに、冷静になってようやく気付いたのだろう。

怯えてガタガタと震えているのは、私が復讐に来たと思っているからだろうか。

都合がいいので、勘違いしておいてもらおう。

もちろん王宮内には衛兵もいたが、帝国の精鋭たちを止められる者はいなかった。

「もうすぐです！」

ひたすら階段を駆け上がり、向かう先は玉座の間。

その傍には妃の部屋もある。そこまで行けば、ヒルダがいる可能性が高い。

たどり着くまであと少しだったが、後方からグラナート近衛騎士団が追い付いてきた。

「我らがグラナート王宮へ侵攻した罪、その死で償え！」

「なんとしても止めろ。我らがヒルダ様の御身を守るため！」

流石に一国の城を順調に突き進むことはできないか。

私たちに剣を向ける騎士の数は、こちらの十倍はいた。

まだ距離はあるが、ヒルダと合流されたら厄介だ。

「どうしましょう？　シルウィオ」

「グレイン……任せた」

「承知いたしました、陛下」

二人の間で交わされたのはそれだけだった。

グレインは踵を返し、たった一人で追いかけてくる大勢の騎士の前に立つ。

「シルウィオ、グレインが！」

「カティ、誰の心配をしている」

「へ？」

「グレインは、俺が唯一……護衛に選んだ男だ」

シルウィオの自信に満ちた声を聞いて振り向くと、既にグレインは剣を抜いていた。

その腕は目にも留まらぬ速さで振るわれて、グラナートの騎士は次々に気絶していく。

「陛下、カーティア様！　すぐに追いつきます。護衛からは離れないでくださいね！」

杞憂だった。

グレインは散歩するかのような軽やかな足取りで騎士を止めている。

グラナート側でなくて本当によかったと思う程、力の差は歴然だった。

「任せました！　グレイン！」

「はい！」

微笑んだグレインを残し、ついに私たちは玉座の間へとたどり着いた。

「……」

ここへ来るのは久しぶりだ。

見慣れた風景だけど、昔とは状況が違う。

今の私はアイゼン帝国の皇后で、隣には皇帝シルウィオがいる。

彼と共に玉座の前に進むと……そこにはアドルフが座っていた。

「よく来たな、カーティア。お前を待っていた」

平然と私の名を呼ぶ彼に、シルウィオの瞳が鋭く光る。

そんなシルウィオを前にしても、アドルフはへらりと笑うのみだ。

「カーティア、俺はもう一度お前を愛そうと思う」

私は、ゆっくりとアドルフへ近づく。

「お飾りの王妃だったお前に、もう一度……王妃として愛を注ごう、だから――」

「うっさい！　とっとと目を覚ましなさい！」

玉座の間に乾いた破裂音が響いた。私がアドルフにありったけの平手を張ったのだ。

操られているのは流石にわかる。さっさと正気に戻してヒルダの居場所を吐かせないと。

頬を赤くして呆然とする彼に、私は追撃の平手を準備した。

「さて、目を覚ますまでにあと何発必要？」

「な……俺は本気でお前を――」

「はいはい」

乾いた大きな音が再び鳴り響く。

「な……にを……」

「いいからさっさと正気に戻ってヒルダの居場所を教えなさい。時間がないの」

そのままもう一発平手をお見舞いする。顔を見ていたらむしゃくしゃするのでもう一発。

過去の出来事を思い出すとイライラしてきたのでもう一発。

「や！　やめろ！　やめ――」

ヒルダにいいようにされて、操られていたことにもムカつくのでもう五発程。

手は痛いけど、心はスッキリしてきた。

「や、や、やめ！　やめて！　やめてくれ！」

「正気に戻ったかわからないので、あと十発はしましょう」

「お、俺はお前を愛すると言っているのだぞ！」

「ヒルダ、近くで見ていますね？　グラナートを消すならアドルフの死が一番手っ取り早い。だからこんな見え見えの場所に彼をおいて、挑発してるのが丸わかりですよ」

「俺は本気でお前を愛しているのだ――」

「うっさい！」

「おぐっ!!」

思わず拳になってしまったが、アドルフが悶絶して黙ったのでちょうどいい。

「帝国にアドルフを殺させ、民の感情を誘導して戦を起こそうとしているのでしょうが、思慮が浅すぎます。案外単純ですね」

アドルフの手紙の内容が本当なら、ヒルダの企みはグラナートから争いを世界中に広げること。

そのためには、国王であるアドルフは簡単に手放せない存在のはず。

わざわざ敵である私たちの前に彼を残すのは、なにかを狙って、近くにいるということだ。

「早く出てきてくれませんかね？　ヒルダ」

「お、俺は本気でお前を愛そうと思って……」

「もうそれ、終わった話ですから」

操られてウダウダと同じ話を繰り返すアドルフでは話にならない。

さっさとヒルダ本人と話したいのに、流石にこれ以上時間はかけられない。

「シルウィオ、お願いします」

「わかった」

今までアドルフの言葉の数々を我慢していた反動だろうか。

シルウィオは即座に返答して、彼の指へと手をかざした。

光と共に、アドルフの指が一本ずつ逆方向へと曲がっていく。

「ツツッ⁉　アッガァ⁉」

怖いけど、正気に戻すにはこれが最も効果的だ。うん。多分。

断末魔のような叫びの後、アドルフは正気を取り戻したのか、私を見つめて驚いた表情を浮かべた。

「な……俺は……カ、カーティア⁉　い、なんだこの痛み……っ‼」

「アドルフ、事情を説明している暇はありません。ヒルダはどこですか？」

アドルフは自分自身の状況に理解が追いつかないながらも、周囲を見渡す。

徐々に記憶を取り戻してきたのだろう。はっとして口を開いた。

「こ、ここは駄目だ！　ヒルダは……香油を完成させて！」

アドルフが叫んだ時だった。

玉座の間の柱の影に潜んでいたヒルダが、私たちの不意をついて飛び出した。

その向かう先は、私たちを護衛する騎士だった。

「な……っ⁉」

ヒルダの狙いはこれか。

アドルフを囮にし、帝国の精鋭たちを操って形勢を逆転しようというのだ。

ヒルダのドレスからは香油が滴っている。

「皆さん！　後ろからヒルダが！」

「もう遅い！　皇帝陛下まで連れてきてくれて感謝するわ！　皆、私の香油の虜にしてあげる！」

あぁ……本当に。

ヒルダ……貴方は本当に予想通りに動いてくれた。

貴方が欲深く、帝国騎士やシルウィオを操るために逃げないでいてくれてよかった。

「もう貴方の護衛は私のもの‼」

ヒルダはもう既に、香油の香りが護衛騎士たちに届く位置まで迫っていた。

「さぁ、私の手足として働いてもらうわよ」

優雅に微笑み、護衛騎士たちへ視線を向けたが……

「黙れ。我らが従うのは皇帝陛下と皇后様のみだ」

護衛騎士は拒絶と共に剣を抜き、その銀色の刃をヒルダへ突きつけた。

「は⁉　な⁉　どうして！」

ヒルダが予想していた香油の効果は発揮されず、銀の刃に囲われる。

彼女は香油が意味をなさないことへの動揺を表し、青ざめた。

「残念でしたね。ヒルダ」

「な……カ、カーティア……これは。な、なんで……」

「シュルク殿下より、これをいただきましたので」

わななくヒルダに、私は一冊の本を見せる。

それは、カルセイン王国の魔法学書だ。

「な……どうして、それが……なんだっていうの！」

「貴方の香油が魔法で作った物であれば……同じ魔法で無効化することも可能だとは思いませんでしたか？」

「あ……」

「ご丁寧に貴方がミルセア公爵に香油を持たせてくれたので、帝国は魅了魔法の分析ができました。そして、このカルセイン王国の魔法学書を用いて、無効化の魔法を作り出したのです」

「あ……あぁぁ……うそよ。そんな……カルセインと、帝国が協力する訳が――」

これが……ヒルダの誤算であり、今世と『前回』との大きな違いだ。

彼女は今世で香油という物的証拠を残してしまった。

そして……常ならばあり得ない、帝国とカルセイン王国を結びつける役目を私が果たした。

『前回』は協力しないはずだった二国の技術と知識が今世は揃ったのだ。

おかげで、香油の無効化魔法を開発できた。私たちは既に施し済みだ。

「さて……香油は意味をなくしましたね？　ヒルダ」

「あ……あぁぁぁ!!　わ、私の悲願をぉ！」

ヒルダは怒りの形相を浮かべ、刃が当たるのも厭《いと》わず私に手を伸ばす。

しかし……

「誰が、貴様ごときにカティに触れることを許した」

「あぐっ!?」

ヒルダの手は私には届かない。

首を魔法によって締め上げられて、見えない手に吊られるように空へ浮かぶ。

もがき苦しむヒルダを見て、シルウィオはその深紅の瞳を鋭く尖らせる。

「貴様が……俺の妻を傷つけた元凶か？」

問いかけと共に、恐ろしい程の勢いで、ヒルダは顔から地面に叩きつけられた。

鈍い大きな音が玉座の間に鳴り響く。

唖然としているアドルフを置いて……シルウィオは無表情のまま冷たくヒルダを見下ろした。

「それなりに、防御魔法は使えるようだな」

あれだけの勢いで顔面を打ちつけられても、ヒルダは魔法によって死を免れたようだ。

しかし、生きてはいるが……痛みに呻き、悶えていた。

「な……なんで……なんで。私の……香油が、悲願が……」

「貴様に喋る権利は与えていない」

シルウィオが再びその手をかざすと、ヒルダの頭が地面へめり込んでいく。

石造りの床がひび割れ、重圧が空気を震わせる。

「あぁアァッ!!　や！　やめ！　たすけ――」

「喋る権利は与えていないと言ったはずだが？」

シルウィオが剣を抜き、真っ直ぐにヒルダの手に突き刺した。

途端に悲鳴が響きわたったたが、その声さえも再び頭を押さえつけられてかき消えた。

「あ……ぁぁ……や……」

「その身、何度焼いても俺の怒りは収まらぬ」

「うるさいぃ!!　わ、私は……ナーディス家の……悲願を叶えるのよ!!」

長年かけて構築された執念は、恐ろしいものだった。

酷い仕打ちを受けてもなお、ヒルダはその身を起き上がらせたのだ。

傷だらけの顔で、それでも私とシルウィオを睨みつけている。

指先に光を集め、燃え盛る炎へ変えた。彼女は、その炎を私へ向けた。

「この……くそ女……私の計画を邪魔した報いを与えてあげる！　死になさ――」

「ヒルダ、後ろを見なさい」

「なッッ!!」

彼女の背後から影が近づいたので、私は親切にそれを教えてあげた。

ヒルダが振り返った瞬間、刃がきらめき、魔法を宿した指が宙を舞う。

「我らが帝国の花へ指を向けるな」

「あ……あぁぁ!!　わ、私の指がぁぁ!!」

指を斬り飛ばしたのは、外で近衛騎士団の相手をしていたグレインだった。

騎士団を全て倒し終わったのだろう。

帝国の最強の騎士の実力と、彼の怒りが伝ってくる。

ヒルダが帝国へ与えた侮辱は、許されることではないのだ。

「……陛下。遅くなり、申し訳ございません」

「よくやった……この女は俺がやる。カティの身を」

「はっ!!」

グレインと他の護衛が私を囲った。

シルウィオは空気が震えるような威圧を放ち、恐ろしく冷たい瞳でヒルダを見下ろす。

「た……たすけ――」

「黙れ」

「がぁッ!!」

シルウィオの剣が今度はヒルダの足を突き刺した。

命乞いも抵抗も許さず、断末魔をあげることすら許しはしない。

「あ……ぁぁ……ぁ」

「……尋問には口があれば足りる。俺の妻を傷つけた罪を貴様の身に刻んでやろう」

「ふ……ふふ……まだよ。まだ私はナーディス家の悲願を諦めていないわ！」

ヒルダはしぶとくも身体を起こし、苦し紛れにシルウィオの手を掴んだ。

その瞬間、ヒルダの指先から光が溢れ、彼女はケタケタと勝ち誇ったように笑った。

「貴方たちは香油の無効化には成功したのでしょうけど、本来の魅了魔法は知らないでしょう？」

彼女が言いたいことを察し、嫌な予感がする。

「魅了魔法は直接触れた時にこそ真価を発揮する！　香油の匂いはあくまで効率的な手段の一つよ。この魔法の本来の力は、人の欲を際限なく増長させること。私の美貌に少しでも好意を抱けば、全てが意のままになるの！」

なるほど、魅了魔法の絡繰《からく》りはそうなっていたのか。確かに恐ろしい。

ヒルダのような男の欲情を煽る女になら、操れない男はいないだろう。

勝ち目はないと見たのか、アドルフが焦った様子で私に叫んだ。

「な！　に……逃げろ！　カーティア！」

それを聞いても、私やグレイン、帝国騎士の誰もが動じなかった。

私たちは魅了魔法の力を正しく恐れて警戒している。

だからこそ……シルウィオがヒルダの相手をしているのだ。

「さぁ、自信満々に連れてきた皇帝に惨《むご》たらしく殺されなさい、カーティア!! あはは!」

「貴様……」

「あはは!! あ……ははは……は……え？」

ヒルダが魅了魔法に絶対の自信を抱いているように、私たちもシルウィオを信頼している。

私が言うのもおかしいけど、彼が好意を抱くのは……私だけだ。

「俺に……触れるな」

「な、なんで……私の魅了魔法が……私の美貌に好意を抱かないの!?」

「カティにしか興味はない」

「は……!?」

魅了魔法は確かに危険だが、その天敵は帝国最強の皇帝・シルウィオだったのだ。なにせ、増幅させるべき欲を、彼がヒルダへ抱くことなどあり得ないのだから。

ヒルダの最善手はさっさと逃げることだった。この場に残っている時点で既に……詰んでいる。

「さあ、大人しくしてもらおうか」

「うそ……ぇ…なんで……ぁ……ぁっ!!」

ヒルダの身体は再び魔法で浮き、そのまま壁に叩きつけられた。

一切の容赦なく、今度は壁が割れる勢いだった。流石にヒルダも戦意を失い、項垂《うなだ》れる。

彼女自ら帝国という手を出してはならない領域に踏み込んだのだから、同情はしない。

「……まさか。こんなことが」

アドルフが震える声を漏らした。

無理もない。グラナートを意のままにしたヒルダが、帝国相手では敵にすらならないのだから。

「話をしよう。貴様らの処遇を決めるため」

絶望し、なにごとか呻いているヒルダを前にして、シルヴィオは呟いた。

彼がいてくれて本当によかった。これならすぐに帰れそうだ。

帝国騎士たちによって拘束されたヒルダは、痛みに顔を歪ませた。

大人しくなったようだし、色々と聞き出さなくては。

「ヒルダ、他に協力者はいますか？」

「……いないわよ。私はナーディス家の魅了魔法を使って、ここまで一人でやってきたの」

恐ろしい執念だ。ここまで彼女を突き動かす恨みや憎悪とは……

「貴方に……一体なにがあったのですか……？」

「……っ。いいわ、話してあげる」

その後、ヒルダは事の経緯をゆっくりと語り始めた。

ナーディス家の隠し子ヒルダは、両親の断罪を機にカルセインへの復讐を誓った。

隠し子の彼女は難を逃れたが、築いた富や家も捨ててカルセインから亡命するしかなかった。

そして偶然にも亡命の際、彼女の乗った馬車とレイモンド伯爵の馬車が事故を起こした。レイモンド伯爵の娘の遺体を見て思い立ち、彼を香油で操って娘と偽ろうとしたようだ。

しかし当時はまだ香油の効果が不安定で、レイモンド伯爵は長い眠りについた。

だが結果としてそれが、レイモンド伯爵の娘と偽った身分で自由を手に入れるきっかけとなった。

国の中枢に潜り込もうとアドルフへ近づくと、情けないことに彼はあっさりと陥落してしまう。

その後は側妃として人前には顔を出さず、アドルフで実験を繰り返して香油を完成させたのだ。

そして、香油で大きな戦争を起こし、カルセインを巻き込もうとしていたと。

「私は両親を殺したカルセインへ復讐するの！　グラナートをきっかけに、カルセインを――」

「……長い！」

「は、はぁ!?」

「私が尋ねた手前、最後まで聞くつもりでしたが……長いですし、大体もう知っていた話でしたし。協力者はいないことがわかったのでもういいです」

「わ、私の長年の悲願を潰しておいて、なにを言うの!?　貴方には最後まで聞く義務が――」

「なに？　不幸だった話を聞かせたいの？　同情してほしい？　貴方のことなんてどーでもいい」

「っ!!」

私はヒルダへ一歩近づき、彼女の瞳を見つめる。

「私はね、貴方が私の幸せを邪魔したから、それを止めに来ただけ……同情も共感もしてあげない」

「く……うぅ」

「悲劇のヒロインを気取りたいなら一人でやってなさい。私たちを巻き込まないで」

「あ……あんたに私の恨みや、絶望が……わかるはずない！」

「勝手に巻き込んで、多くの人を不幸にしておきながら共感してほしいの？　ふざけないで」

「……」

私がばっさり切り捨てると、ヒルダは俯いたが……

「……ふ……ふふふ。勝った気でいるのね。馬鹿ばかりね、貴方たち」

再び顔を上げ、含み笑いを押さえるように、ヒルダは私を睨む。

その瞳はまだ諦めておらず、復讐に燃え……狂気を感じる程に濁っていた。

「まだ、なにか？」

面倒に思いながら問いかけた私に、ヒルダは歪んだ笑みを見せつけた。

「私が操っているレブナン大臣たち、彼らが今、どこにいるのかわからないの？」

「……なにが言いたいの」

「馬鹿ね！　私が用意した戦乱の火種が一つだけだと思っているの？」

「……」

無言の私たちに彼女は勝ち誇ったように高笑いをし、自身の策を自信満々に明かした。

「レブナン大臣や近衛騎士団長のギルクには……別で軍を準備させているの。私からの定期連絡がない場合、いつでも他国へ侵攻できるようにね？」

「っ!?」

そんな……嘘だ。

「彼らは私の指示通りに周辺国家の民を無差別に虐殺するわ！　非道な行いに憤慨した他国はグラ

ナートへ報復のために侵攻する。その後は……領地を取り合う醜い戦乱が広がっていくのよ！」

「そんな……」

まさか……そこまで貴方は……

「いずれ、その戦乱はカルセインも巻き込む！　無能なお飾りの王妃だったあんたには私の悲願を止めるなんてできない！　私は死んでもナーディス家の復讐を――」

「よかったです！　貴方が思った通りに動いてくれて」

「………は？」

「あのね、私たちがなにも考えずにここに来たと思いましたか？」

ヒルダが信じられないと、首を横に振る。

その顔は先程の自信満々の笑みから一転して、嘘であってほしいと懇願しているように見えた。

「周辺国家には既に、グラナート王国との国境警備を厳重にするように伝えております。それに、私たちについてこなかった帝国軍は、この国から出ようとする軍を逃さないように動いていますから」

ジェラルド様に頼んでいたことが役に立ったようだ。

前日に帝国を出ていたシュルク殿下にも早馬を飛ばしている。彼の転移魔法があれば、カルセイン側の国々にも連絡は伝わっているだろう。

「そんな……他国の者たちがいきなりそんな話を信じる訳が……動くはずがない！」

私がヒルダの襟首をつかんで睨みつけると、彼女は驚きと怯えを瞳に宿した。

「貴方、誰を敵にしたのか、わかっていますか？」

「あ……ぁぁ……嘘……そんな」

「アイゼン帝国の皇后であり、グラナートで培ってきた他国からの信頼を持つ私の名前を出せば……皆が信じてくれますよ。嘘で塗り固めた貴方とはちがってね」

私がグラナートで頑張ってきた過去は……決して無駄ではなかった。

「お飾りの妃とは、誰だったのでしょうね」

「ああぁぁぁ……あぁ。そんな……私の、私の十年が……悲願が……」

「貴方が帝国に噛みついたその日から、くだらない悲願は潰えたの」

「あぁぁぁぁ!!　いやぁぁ!!」

絶望の叫びも虚しく、ヒルダの声に答える者はもう誰もいない。

嘘で塗り固めた復讐劇は……終わりを告げた。

策の尽きたヒルダは諦めと憔悴の表情を浮かべ、静かに帝国騎士に連行されていく。

その様子を見守っていると、シルウィオが私の手を掴んだ。

「カティ」

「シルウィオ……？」

彼はジッと、なにかを訴えるように見つめてくる。

「どうしたの？」

「さっさと帰って……二人の時間を過ごそう」

「っ……はい！　私もそれを望んでいます、シルウィオ」

「ん……」

いつものように無表情のまま、でも嬉しそうに私の手を握るシルウィオに微笑んでしまう。

先程の威圧感を消し去り、私にはほわほわとした雰囲気を向ける彼が可愛らしい。

彼が望んでくれる二人の時間……今から楽しみだ。

「さて、帰りま……」

と……早く帰りたくて忘れていた。

アドルフには、この騒動の後始末をつけて、責任を取ってもらわなくては。

「カティ、帰ろう」

帰りを急ぐシルウィオを、私は引きとめる。

「ま、待ってシルウィオ。まだ、やることが残っています」

「……」

「ね？　少しだけ」

「わかった」

シルウィオの了承を得て、私は踵を返した。

いまだに呆然としているアドルフに近づき、シルウィオには聞こえないように囁《ささや》く。

「アドルフ……貴方も、『前回』の記憶があるのですね」

「っ⁉　カーティア、やはり君も」

「……ええ」

頷くと、アドルフは頭を地面に擦りつけた。

「すまない」と繰り返し、吐き出す声には嗚咽が混じっている。

「全て思い出した。俺はヒルダに操られ、君を孤独な死に追いやってしまった。全て、俺が……」

「顔を上げなさい。グラナート国王――アドルフ……貴方の後悔や懺悔《ざんげ》など必要ありません」

「え……」

「ヒルダが起こした反乱軍は残っています。泣いている暇などないわ、立ちなさい……貴方には王としての最後の責務が残っているでしょう？」

傷つき、涙を浮かべるアドルフに同情や未練はない。

ただ……私の幸せを守るため。

「帝国が与えた条件を、貴方には守ってもらいます」

……彼にはこの国の最後の王として、やってもらうことがある。

それだけを……伝えよう。

悲願の花・五　アドルフ side

どうして……俺は過ちを犯してしまったのだろう。

幼少から共に過ごしてきたカーティアを愛していたはずなのに。

だが、その優しさと献身的な姿勢に……愚かにも甘えてしまったのだ。

その一度の過ちと不純をきっかけに、『前回』の人生では……彼女を一人で死なせてしまった。

孤独の中でも死ぬまで俺を愛してくれていた彼女の苦しみは想像もできない。

そして、彼女も『前回』の記憶を持つと聞き……ただ、謝ることしか俺にはできなかった。

だが、自分の不甲斐なさと罪悪感から許しを乞うしかなかった俺に、君は……

「顔を上げなさい。グラナート国王――アドルフ」

君は俺の謝罪すら意に介さず、ただ真っ直ぐに見つめてきた。

「帝国が与えた条件を、貴方には守ってもらいます」

「……条件？」

「グラナート王家として正式に反乱軍への降伏を宣言しなさい。そして予定通り……グラナートにはアイゼン帝国の属国に下ってもらう。その際、貴方の王としての地位は消えます」

「……」

無言の俺を気にせず、彼女は言葉を続けた。

「グラナートを残すにはこれしかない。争いは帝国下になれば治められる」

俺は結局、『前回』と同じ結果を招いてしまった。

王家の信用は保てず、他国からも見放されて、貴族たちの反感を買い……

国そのものを崩壊させてしまった。

だけど、カーティア……君は。

「貴族たちは責任を追求し、貴方の処罰を求めるでしょう。それでも、貴方は逃げずにグラナート王家の最後の王として、堂々と責務を果たしなさい。グラナートという国を残すために」

「……カーティア」

君は、俺と違う。

『前回』を思い出したことを活かし、自分自身の幸せに突き進み、ついには未来を変えたのだ。

無力だった俺と違って嘆くこともなく、ひたすら前を向いている。

そんな君が眩しくて、顔を上げられない。

「俺は……俺は、君に頼ってばかりだった。今も……前も……」

「……最後に貴方が送った手紙がなければ、ヒルダの計画通りの結果になっていたかもしれません」

「……っ」

「助かりましたよ。アドルフ」

その一言に……救いを感じてしまう。

『カーティア……全て、俺のせいだ』

『前回』の死の間際の、最後の記憶を思い出す。

『今度こそ……君の救いになりたい』と願ったことを。

恐らく、君は俺の手紙などなくてもヒルダの悪意を切り抜けていただろう。

これで『前回』の過ちを許してもらえたなんて少しも思わない。

だけど。

ほんの少しでも君が認めてくれたなら。俺の願いは……叶ったのかもしれない。

恐らくカーティアと会うのは、これが最後だろう。

今の俺と同じ決断をした彼女へ、今だから問いかけたいことがあった。

「カーティア……君は王妃という立場を捨てても怖くはなかったのか？　俺は、怖い……土でなくなることが、長く続いた王家を失い、この身一つだけとなることが」

「……怖くなどありません。私は幸せに生きていければ、それでいい」

……やはり君は、『前回』とは大きく変わったのだな。

筆舌に尽くしがたい過去を持ちながら、自分の生き方だけに軸を置いている。

その清々しいまでの考えと答えに、思わず笑みがこぼれる程君は明るい。

「そうか……ありがとう」

あぁ……今になってわかる。君を失ったことを……一生後悔するだろう。

こんなにも、素晴らしい女性を俺は二度も……

「それでは、後日……帝国の宰相を出向かせます。お話はその者と」

「あぁ……反乱軍との話し合いは任せてほしい」

彼女は淡々と必要事項を伝え、後方で待つアイゼン帝国の皇帝に振り返る。

彼に見せる笑みは、俺にはもう二度と向けられない眩しいものだった。

「ごめんなさい、シルウィオ。話は終わりました。戻りましょう」

「あぁ」

皇帝はカーティアへほのかに微笑む。そして俺には冷たい視線を向けた。

「必要なことは全てカティが伝えた。同じ国を背負う者として……貴様の責務を果たせ」

「あぁ、わかっている。やり遂げてみせる」

それだけを告げた皇帝はカーティアを連れて、去っていく。

二人で手を繋いでにこやかに見つめ合いながら、彼らは日常へ戻っていくのだ。

そして玉座の間には俺一人が残った。もう……手元にはなにもない。

今から俺は反乱軍の下へ降伏に向かう。それはグラナート王家を終わらせるということだ。

自国の貴族たちから責任を求められれば、処刑だってありえる。

その事実に足が震える。だけど……

『私は幸せに生きていければ、それでいい』

そう言った君のように生きていれば、前に進めるだろうか。

その気持ちが一歩踏み出す勇気となった。

王として……カーティアがくれた最後の責務を果たすため。俺も未来を変えるために動こう。

第七章　手放したくない幸せ

やっと……色々なことが終わった。

「……」

アイゼン帝国に戻る馬車に揺られながら、気の抜けた私はぼうっと上を見上げる。

ようやく過去と……それに、『前回』のことにも区切りを付けられたような気がする。

別に恨んでいた訳じゃないけど、ヒルダを捕えて、国との別れも済ませたら心がスッキリした。

まるで憑き物が落ちたような気分だ。でも、身体には疲れがたまっている。

「ふぁ……」

思わず小さな欠伸が出てしまった。

馬車の揺れが心地よく、心が軽くなったことも重なって一気に眠気がきたのかもしれない。

勢いで進んできた分、疲れに気付くのが遅れたようだ。

「眠いのか？」

対面に座るシルウィオが心配そうに私を見る。欠伸を聞かれたことが少し恥ずかしい。

「はい、一気に疲れがきたみたいで」

「……」

返答の代わりに、シルウィオは立ち上がって私の隣に座った。

「シルウィオ?」

「寝ていろ」

そう言うと、彼は私の肩に手を回し、そっと引き寄せてくれた。

彼の肩に私の頭が乗る。

「ぁ……」

「いつでも使え」

使えというのは、彼の肩のことだろうか。

確かに彼に寄りかかっていれば、寝やすいのだけど……

「……」

「……ふふ」

寄り添うと、彼の激しい鼓動が聞こえてくる。

私の肩を引き寄せる手は傷つけないように恐る恐るといった様子だ。

私を見つめながら頬を朱に染めている姿、そのたどたどしさが彼らしい。

不器用なりに頑張ってくれている優しさが嬉しくて、あたたかい気持ちが胸を満たした。

「ありがとう、シルウィオ」

「ん」

不思議だった。

冷たく、誰も寄せつけない雰囲気だった彼が、今ではこんなに優しい。

鋭かった深紅の瞳は、柔らかく見つめてくる。

私も、とっくに諦めて捨てたはずだった愛し、愛されたいという気持ちがこんなに強くなって……

彼に身を寄せていると、私の鼓動の音も大きくなっていく。

「このまま……寝ますね」

「あぁ」

私は気持ちを伝えてみようと思って、彼の空いた手を握った。

「っ」

ピクリと彼の手が跳ねて……ゆっくりとその指が私の指に絡まっていく。

更に鼓動が激しくなっていくけど、うるさい訳じゃなく、むしろ心地よい。

揺れる馬車の中、私は幸せな気持ちで、ゆっくりと心地よい眠りに落ちていく。

やっと……私たちの日常が再び進みだしたことを実感しながら。

◇◇◇

あれから、約二ヶ月が経った。

グラナート王国では予定通り、アドルフが反乱軍に降伏し、アイゼン帝国へ下ることを宣言した。

貴族たちの反発がなかったのは、帝国と皇帝シルウィオの名が出たからだろう。

その後、退位したアドルフは処罰を免れた。今は子爵の地位を得て、グラナートの僻地でひっそりと暮らしているようだ。

これらの情報は全て、ジェラルド様に伝えてもらった。

彼は帝国代表としてグラナートの内政に加わっているため、情報が入ってくるようだ。

ヒルダは完全に精神が崩壊したらしく、話もできない程に衰弱している。

とはいえ、帝国法により厳正に処罰されるだろう。その罪は重く、死罪は免れない。

そして、シュルク殿下を代表とするカルセイン王国が、今度こそ香油と魅了魔法の根絶に向けて動き出し始めたと聞いた。ヒルダの復讐の原因となった責任を取るのだろう。

つまり簡単に言えば……ようやく、私の平穏な生活は戻ったという訳だ。

「今日も可愛いね～コッコちゃん」

「コケケ！　コケ！」

「コッコちゃんは餌をもらう時だけ元気だね……普段は私に見向きもしないのに」

「コ……コ！」

私はといえば、いつもの小屋での日常に戻っている。

ヒルダのせいでしばらく手放さざるを得なかった平穏が懐かしく、全力でこの二ヶ月を堪能していた。

ようやく前回の人生からの因縁に決着がついたのだ……ゆったり過ごしてもいいだろう。

「はぁ……幸せ」

コッコちゃんに餌をあげた後は、今日もただ太陽を見上げて時間を過ごす。

なにもない、なにもしなくてもいい。そんな日々がなによりも幸せなのだと痛感する。

「……皇后様、よろしいでしょうか？」

ぼうっとしていると、数名の侍女がやってきた。

そうか……もうこんな時間か。

「式典のお召し物の候補をご用意いたしました。シルウィオ様と共にご確認いただけますでしょうか」

「わかりました。すぐに向かいますね」

そう、シルウィオとの約束通り、私は彼の誕生会に出席する準備を進めている。

今日はドレスを選ぶのだ。

おめかしなんて久々だから、少しだけ緊張する。

どきどきしながら、私は侍女たちと共にシルウィオの執務室に向かった。


「駄目だ、肌が出すぎだ」

「こちらは」

「……カティの肩を誰かに見せろというのか？」

「では、これは……」

帝国屈指の腕前を持つ洋裁師が作ったドレスを、シルウィオが次々に断っていく。

なんでも、今の帝国社交界の流行は肌を少し出したドレスのようで……

洋裁師はそれを意気揚々と仕立ててきたが、シルウィオは眉を吊り上げた。

「貴様、俺の妻の肌を……他の男に晒す気か？」

「い、いえ！　決してそのような」

シルウィオの気持ちは嬉しいけど、このままじゃ埒が明かない。

そう思い、私は今まで見せてもらった中で一番のお気に入りを指さす。

「シルウィオ、私はこれがいいです」

「それは胸元が出ている……駄目だ、カティ」

私が選んだのは、驚く程鮮やかな深紅のドレス。

首元は確かに肌が見えるが、綺麗なレースのおかげでとても美しい。これを着たいと純粋に思った。

「シルウィオ、これがいいの」

「……」

「この色も気に入ったのです。シルウィオの瞳と同じ深紅で……これを着てみたいの」

頬笑んで彼の瞳をのぞき込めば、彼は視線を洋裁師に向けた。

「……これでいく。だが……露出をもう少し抑えろ」

「は、はい！　承知いたしました！」

「ありがとう、シルウィオ」

「ん……」

　こうしてドレスを決め終えた後は、いつものように小屋まで彼が送ってくれる。

「カティ、明日はまた……茶を飲もう」

「はい、おすすめの本があるので持っていきますね！」

「わかった、楽しみにしてる」

　帝国に帰ってきてからの私たちは、ほとんど毎日を共に過ごすようになっていた。

　私はもう緊張もなく気軽に彼と接しているけど、今日のシルウィオは少し硬い表情を浮かべていた。

「……カティ」

「はい？」

「た……誕生会が終わったら……」

　シルウィオは言いにくそうにしつつも、意を決したように私を見つめた。

「誕生会が終わったら、これからは俺の部屋で共に過ごそう。ずっと……カティといたい」

「シルウィオ……」

　ぎゅっと手が握られる。

『前回』の人生、もう手に入らないと思っていた感情と温もりが私に向けられた。

「わかりました……私も、シルウィオと一緒にいたいです」

「……」

無言のまま、彼は私と肩をくっつけて、嬉しそうな雰囲気で見つめてくれる。

喜んでくれるのは嬉しいけど、本当はね……今すぐでもよかったくらいだよ。

「でも、隣にコッコちゃんのお部屋もほしいです」

「……わかった、準備する」

ふっと微笑みつつ、彼は了承する。

我ながら……皇后らしくないお願いだけど、それを許してくれる彼に思わず甘えてしまうのだ。

「今日も、少し遠回りしますか？」

「あぁ」

「ふふ……けほ」

寒かったせいか、少しだけ咳が出た。

それを見た彼は、自分の上着を私に被せてくれた。

「体調が悪ければ言え」

「ふふ、大袈裟ですよ。でも……ありがとうございます」

本当に、身体に異常はない。でも、誕生会も近いから安静に過ごすことにしよう。

そう思いながら、私とシルウィオは今日も遠回りをして長い時間を共に過ごした。

時間は流れて、誕生会の準備がどんどん進められた。

シルウィオが初めて自身の誕生会に出席するとあり、会場は豪華絢爛《ごうかけんらん》な飾り付けがされ、振る舞われる料理も多様らしい。

私もジェラルド様から好みの食べ物を聞かれたので、ベーコンエッグが好きですと答えた。

家庭料理のような注文に、久しぶりにジェラルド様は驚いていたけど、笑って頷いていた。

そして、誕生会はいよいよ明日に迫っている。

私はコッコちゃんを抱きながら、ぼうっと空を見上げていた。

「コッコちゃん、明日はシルウィオの誕生会だよ」

「コケェ！　コケ！」

「なんだか久しぶりだな。そういった場に出るの」

あぁ……少し緊張している自分がいる。

グラナートでの私は、嘲笑《ちょうしょう》の的だった。辛い過去の記憶が脳裏をよぎって、少し胸が苦しい。

でも……今の私にはシルウィオがいるから大丈夫だ。

「カティ」

名前を呼ばれて、私はコッコちゃんと共に声のした方を向いた。

「シルウィオ」

「……なにをしている」

「コッコちゃんを抱いております！」

「コケ！」

なんだか既視感のある受け答えをしつつ、私はコッコちゃんを柵の中へ戻す。

シルウィオはコッコちゃんをジッと見つめ……少し間を置いてからその頭を撫でた。

「っ！　シルウィオが……コッコちゃんを撫でるなんて意外ですね」

「……カティの大事な存在だからな」

「ふふ」

コッコちゃんも不思議と抵抗せず、シルウィオに撫でられることを受け入れている。

私はいつも長い時間追い回して、やっと捕まえているのに。ちょっと悔しい。

「来い」

「え？」

コッコちゃんを撫でるのを止め、シルウィオは私の手を握って歩き出す。

そのままとある一室に連れてこられた。中には鮮やかなドレスが飾られ、複数の侍女が控えている。

「式典の用意だ。一度……試着してくれるか？」

「シルウィオ……わかりました」

ここでサイズが違っていたとあれば大問題だ。

シルウィオは外に出て、私は着つけをしてもらう。

久々に着飾った姿を鏡で見て、思わずため息が漏れる。

帝国侍女は腕がいいのだろう。自分で言うのもおこがましいが、とても綺麗にしてもらえた。

「皇后様はとてもお美しいので、気合が入りました」

「本当にお綺麗です」

「い、いえいえ……私なんて」

褒め倒されて少し照れくさい。そのままお話をしていると、ドアがノックされた。

その音が聞こえた瞬間、侍女たちは驚く速さで部屋を退出する。

「あとはどうぞお楽しみください」

「我らが帝国の母へ、感謝を」

あれ……どうして出ていってしまうのだろうか。

首を傾げて一人で部屋にいると、扉が開いてシルウィオが入ってきた。

それも、私と同様に式典用の正装をしている。

豪奢《ごうしゃ》なマントを羽織り、金銀糸の飾緒が揺れ、胸飾りが光る。

いつもと違ってかき上げた髪は、無表情だけど整った彼の美しい顔によく映えた。

見惚れていると、いつの間にか目の前まで来ていた彼が私の手を握った。

「やはり明日は……カティを誰にも見せたくない」

「え……」

「俺だけの美しい妻を、他の者が見るなど……許せん」

「だ、駄目ですよ、準備はもうできていますから」

「……」

「シルウィオ、ね？」

「……わかった」

伏し目でシュンとした表情をする彼が愛おしい。

微笑んでいると、彼が私を見つめた。

「どうしたの？　そんなに見つめて」

シルウィオはなぜか緊張しているように見える。首を傾げると、彼が突然私の左手を取った。

私を見つめ……左手の……薬指に触れる。

「シルウィ……オ？」

「俺たちは夫婦だ」

「は……はい」

「俺だけの妻で、誰も近づけさせたくない……」

彼が私の薬指にはめてくれたのは、綺麗な装飾が施された指輪だった。

銀色に輝く指輪には彼の瞳のような深紅のルビーが一粒。その美しさに思わず息が漏れてしまう。

「明日は俺の隣にいろ。ずっと」

この指輪を渡したくて、わざわざ正装してくれたのだろう。

その優しさと、彼がくれた初めての贈り物が嬉しくて……指輪を撫でながら、自然と口角が上がった。

「はい、隣にいますね」

そう答えると、彼は私の手を引いて優しい力で抱きしめる。

「……今日も一緒にいたい」

「ふふ……いいですよ。シルウィオ……紅茶でも飲みましょうか」

「あぁ」

甘えてくる彼の頭を撫でる。すると揺れる尻尾が見えそうな程喜んでいるのが伝わってきた。

皆には恐ろしいと言われているけど、私には彼が可愛くて仕方がない。

その後、互いの手を握ったまま、時間を過ごした。

お互いの気持ちなんて、もうわかり切っている。

だけど私は……今だけのあやふやなひと時を楽しみたいのだ。

◇◇◇

いよいよ誕生会当日。

城内の会場には大勢の貴族たちが訪れている。

昨日と同じように着飾った私は……迎えにきたシルウィオの腕に自身の手を添えた。

初めて出かけた時はたどたどしかった足取りも、今は自然と私に合わせてくれる。

「お二人が揃って式典に参加してくださるなど……なんと嬉しいことでしょうか」

ジェラルド様は並ぶ私たちの姿を見た瞬間、膝を落として……感極まったような声を出す。

「ジェラルド……式典の準備、大儀だった」

「ありがたきお言葉！　専用の席を設けております。どうぞお楽しみください」

「行くぞ、カティ」

「うん。行こう……シルウィオ」

両開きの扉が開かれて、豪華絢爛な会場に踏み入れば……貴族たちの視線が私たちに集中する。

その瞳はシルウィオに……そして、私を値踏みするために注がれていたが、しかし。

「頭が高い」

「っ!!」

その一言で、空気が一変した。

シルウィオの凍えるような威圧と一言により、貴族たちは胸に手を当てて頭《こうべ》を垂れた。

忠義を示すように、帝国式の挨拶を一糸乱れず行ったのだ。

「俺の妻だ」

「皇后様……お会いできて光栄です」

「我らが帝国の母へ、感謝を」

シルウィオが皇帝として培ってきた実績が、絶大な信頼を生み出しているのだろう。

貴族たちは値踏みする視線を止めて、私を迎えてくれた。

「……来い、カティ」

私はシルウィオに手を引かれ、皇帝夫妻に用意された席に共に座る。

その後は私たちに挨拶にやって来る貴族と少し話しつつ、用意された食事をいただいた。

――ジェラルド様、本当にベーコンエッグを用意してくれたんだ。

豪勢な食事の中にちょこんと紛れたベーコンエッグには思わず笑ってしまった。

これを忍び込ませたジェラルド様の苦労に感謝しながら、美味しく食べさせてもらう。

誕生会は高位貴族が順に壇上で祝辞を述べ、つつがなく進行していく。

食事を終えた頃、私はシルウィオに話しかけた。

「シルウィオ、実は……今日は貴方に贈り物があるの」

「贈り物？」

「はい、色々とお世話になっているので……これを」

私は、この日のために作っていた押し花の栞を彼に手渡す。

コッコちゃんの羽飾り付きだ。

「その……私には手作りの物ぐらいしか用意できなくて、あまり豪華じゃないけど」

「……」

席の傍には、貴族たちが持ってきた高価な贈り物が所狭しと置かれている。

手作りの物なんて見劣りするのは当然で、捨てられてしまうかと少し心配だった。

しかし彼は、愛おしそうに胸ポケットに栞をしまった。

「ありがとう、大事にする」

頬を緩める姿は、今までに見たことがない程に嬉しそうだ。

周囲の視線は壇上に集まっていて、誰も私たちを見ていない。

その中でシルウィオは私の手を引くと、もう片手を頬に当て、視線を合わせた。

そして。

「っ……」

そっと、揺らめく燭台から伸びる私たちの影が重なり合った。

「……シルウィオ」

「伝えたいことがある。ついてきてくれるか」

「え……は、はい」

シルウィオの瞳は真剣で、握った手を離さないのだから、断れるはずもなかった。

シルウィオと共に会場を抜け出す。

後ろからは護衛のグレインもついてきているけど、今日はかなり距離が離れていた。

この後……なにがあるのか。なにを言ってくれるのか。

期待が膨らんでいく。

「寒くないか？」

「はい、大丈夫です……あの、それで……なにを？」

「……まずは二人きりになりたい」

「わ、わかりました」

彼が伝えたいことなんて、本当はもうわかっている。

きっと……私が抱く想いと同じはずだ。

駄目だ……嬉しくて、胸の鼓動が収まらない。緊張のせいか手先も震えてきた。

嬉しい…………あれ、でも、なにか違う。

胸が痛い。

なに、これ。

喜びで満たされた瞬間、その痛みは私の身体を急激に駆け巡った。

「っ！　……けほ、げほ……っ!!」

「カティ!?　どうした」

「ご、ごめんなさい。咳が……げほ、っ!!」

「座れ。グレイン！　すぐに医者を！　侍女とジェラルドも呼べ！」

「ごめ……ごめん、シルウィ……げほ！　げほ！」

「もういい、しゃべるな」

「大丈夫、少ししたら落ち着くから……ッ！」

酷い咳が出た。

彼が大きく目を開いて、青ざめている。

どうして……そんなに驚いているのだろうか。

そう思い、口元に当てていた手を見れば……真っ赤に染まっていた。

口元から血が溢れ……ボトボトと流れ落ちて、地面に赤く広がっていく……

「ぁ……」

「カティッ!!」

『シュルク殿下。私も貴方も、きっと運命を変えられるはずです。諦めなければ』

そうか……考えてもいなかった。いや、考えないようにしていたのだろう。

変わった運命は死期を遠ざける可能性だけではなく、その逆もまた……あるのだ。

私の意識は……ゆっくりとなくなっていった。

◇◇◇

あぁ……香油で倒れた時と同じ感覚だ。

意識が朦朧《もうろう》として、周囲の声が途切れ途切れに聞こえてくる。

「我らでも原因は特定できず、皇后様の病状は不明で……」

「カティを救え、なんとしてでも!」

多くの声が聞こえて、微かに瞼を開く。

私を診る人々は入れ替わり立ち代わりやって来るけど、誰もが頭を下げて首を横に振っていた。

「申し訳ありません……原因が……」

「治療しろ、他国へ使者を飛ばせ……すぐに!」

「我が国では、これ以上は……」

「……救ってくれ」

「今までにない病状です。……恐らく誰も……」

「……頼む。カティを……」

「恐らくですが……以前の毒で身体を痛めて……」

あぁ……貴方の声が遠くで聞こえる。

「救ってくれ、カティを……」

震える声で、貴方がそう呟く。

その声に答えたいのに、身体が自分のものではないように動いてくれない。

「カティ……」

シルウィオ……？

起きて、名前を呼びたいのに……声が出ない。身体に力が入らなくて意識が定まらない。

「起きてくれ……」

起きたい……答えたいよ、シルウィオ……

◇◇◇

「陛下……どうか。どうか……ご休憩ください！」

「お願いいたします！　陛下」

「……」

ジェラルド様やグレインの声が聞こえる。

「もう、もう十日です！　カーティア様がお目覚めになる前に、このままでは陛下のお身体に障ります！」

「……」

「我々も、カーティア様を見ております。どうか少しだけでもお休みください！」

「陛下！　護衛騎士として申します……どうか御身を大事になさってください！」

「……」

◇◇◇

「もう、一ヶ月です。カーティア様の意識はいまだ戻らず、身体は衰弱しております」

「…………」

「恐らく……もう長くは……」

「黙れ」

医者の言葉を、シルウィオが遮る。

その声は酷く冷たい。だけど……いつものような覇気はなかった。

「申し訳ございません……しかし、もはや打つ手が……」

「それ以上言えば、貴様の首を飛ばす」

「……」

「今はなにも……言うな……頼む」

シルウィオの声はか細く、震えていた。

医者が出ていく扉の音が聞こえ、シルウィオが私の名を呼ぶ。

彼の声に答えたくて、薄れていく意識の中で私は必死に手を伸ばそうともがく。

どうにかして、身体を動かしたいのに。……意識が遠ざかって眠気が襲ってくる。

こんな風に終わる訳にはいかない、私には彼に伝えたいことが……

……でも、駄目だ。もう……

薄れる意識の中、私の耳元で不思議な音が聞こえた。人の声ではない。

これは……コッコちゃん？

「――コッコー!!」

部屋に響きわたったのは、毎朝聞いていたコッコちゃんの鳴き声だった。

その声を聞いた瞬間、意識が引き上げられていく。

眩しい程の朝の陽ざしを感じながら、ゆっくりと目を開くことができた。

不思議と、コッコちゃんのおかげで目覚められたのかもしれない。

やっぱり力が入らなくて、身体は起こせないけれど……なんとか視線を動かす。

「……シ……ウィオ」

「っ⁉　カティ！」

傍にはグレインやジェラルド様もいて、二人は大急ぎで医者を呼びにいった。

残ったシルウィオは私の手に触れる。その瞳の下はクマができていた。

「傍にいて……くれたの？」

「すぐに医者が来る、大丈夫だ」

「ね……シルウィオ」

私は微かな力を振るって、身体を起こす。

「カティ、横になっていろ」

「聞いて……ほしいの。シルウィオ」

「っ……」

彼の袖を握り、大丈夫だと微笑む。

貴方に言っておかなくてはならないこと、聞いてほしいこと。

それを……今のうちに全て伝えたい。

「私ね……二回目の人生を生きていると言ったら、信じてくれる？」

貴方には、私の全てを知ってほしい。

こんな日がいずれ来ると、私が覚悟していたことも。

「なにを言っている。今は横に……」

「大丈夫……少し……元気になったよ。コッコちゃんが起こしてくれたからかな」

「カティ……」

困惑した表情を浮かべる彼の手を取り、胸に当てる。

心臓の鼓動が大きくて、痛みが激しい。

「ごめんね……シルウィオ。胸が痛いの……前みたいに痛みを和らげてほしい。お願い」

「っ……わかった」

初めて倒れた時に彼が指の傷にしてくれたように、淡い緑色の光が痛みを和らげる。

これなら少しは喋れそうだ。

「聞いて……シルウィオ」

「カティ、横になれ」

「お願い……こうして話すのは、最後になるかもしれないから。私の全部を知ってほしいの」

「っ!! 言うな……そんなこと」

「ごめんね」

彼の腕を支えに、なんとか倒れないように耐える。

今、身体から力を抜けば二度と動けなくなるかもしれないから。

「私ね、一度死んで、記憶が戻って……二回目の人生を生きているの」

「なにを……」

「信じられないかもしれないけど、以前の私は……もっと控えめで、誰かに愛されることだけを望んで生きていた。でも結局、誰も周りにいないまま孤独に死んでいったの」

思い出すのは『前回』の日々。

掃除もされない部屋で陰口を囁かれ、死んでほしいと言われて命を落とした一度目の人生。

苦しくて助けを求めても、誰も手を差し伸べてくれなかった、孤独な死。

「でも私は……人生をやり直せた。以前の記憶もそのままに、こうしてもう一度」

思えば、ヒルダが戦争を起こさなければ、シュルク殿下が時間を戻すことはなかった。そして私がシルウィオに出会うこともなかった。

ヒルダのせいで冷遇されていたというのに、不思議で面白い因果だ。

「私にとってはね、あの孤独な死に比べたら……ただ好きに生きるだけで幸せだったの」

「……カティ」

「やりたいことをいっぱいして……なにも悩まずに幸せなことだけやり遂げれば……また一人で死んでもいいって思っていたの」

でも……シルウィオに出会って、私の人生は大きく好転した。

大変なこともあったけど、私にとって充分すぎる幸せが確かにあった。

「……貴方がいて。大勢の人が、私を想ってくれる。空っぽで生きている意味もないと思った『前回』の人生と違って、死ぬのなんて……怖くないよ。私は充分……幸せだったよ、シルウィオ」

「……」

「ただ……貴方を悲しませる結果になって……ごめんね。もっと早く言っておけば……よかったのに……ごめんなさい」

「……謝るな」

シルウィオは私の手を握りしめて下を向いた。その瞳には涙が浮かんでいる。

彼の瞳から流れる雫を、手を伸ばして拭う。

「でも、シルウィオは私なんていなくても大丈夫だよ。皆が慕う皇帝だから。貴方はきっと――」

そう言った瞬間、抱きしめられた。強く、強く……震える腕で。

「ふざけるな……カティ。前回の人生など関係ない」

「シルウィオ……」

「俺は……今のカティがいなくては駄目だ」

「……」

「明るいカティがいたから、俺は生きたいと思えた……俺は、君が……」

彼は私を見つめながら、胸の中で想っていた言葉を……告げてくれた。

帝国の花　シルウィオ side

『初めまして、シルウィオ様。カーティアと申します』

カティと出会った日から、俺のつまらぬ日々は変わった。

誰にも興味なんてない、一人でも構わない。

そう思い込んでいた俺の気持ちを振り払い、カティは俺の日々を色鮮やかにしてくれた。

多くは望まない。

俺はただ、『シルウィオ』と呼んでくれるカティと少しでも長く、一時間でも……一秒でも長く共にいられるなら、それだけでよかったのに。

「……カティ」

「シルウィオ……」

明日が来て、カティと会う……それだけが楽しみだった。

これで、最後になどしたくない。

ただひたすら、想いを彼女に告げる。

「俺は、カティが好きだ……ずっと一緒にいたい」

「っ……」

行かないでほしい。

その思いが、抑え込んでいた感情を開放していく。

「カティとずっと共にいたい。だから死を受け入れるな」

「……」

「お願いだ。俺は……もう……カティのいない人生など耐えられない。諦めないでくれ」

俺の願いを聞いて、彼女が微笑む。

元気だったころと同じ、明るい笑みで。

「シルウィオ……こっちを見て」

「っ」

「私も、同じだよ。貴方と会って……もう諦めていた感情をまた抱けたの」

「カティ……」

「ずるいよ。いつもは不器用で……無口なのに……こんな時は、真っ直ぐに気持ちを伝えてくれるなんて」

彼女の瞳が潤んでいく。

俺の視界も涙でぼやけたが、彼女の笑みを見逃さぬように目を閉じることはできなかった。

「覚悟を決めていたのに……二回目の死も、受け入れる準備はできてたのにな」

彼女はいつしか大粒の涙を流していた。

「そんなこと言われたら……私も……死にたくないよ……シルウィオ」

「カティ……」

「怖い、離れたくないよ」

カティは涙を流しながらも、悲しみを見せないように微笑み続けている。

その気丈な姿に、俺は覚悟を決めた。

「カティ……俺が、お前を救ってみせる。必ず」

「シルウィオ……」

「だから、諦めるな。生きることを……」

俺の言葉に、彼女は小さく頷いた。

「今は、ゆっくり寝ていろ。必ず、救ってみせる」

「信じて……待っていていいの？」

「あぁ、安心しろ」

「わかったよ……シルウィオ」

俺の返事を聞いた彼女は、安堵の表情を浮かべた。

抱きしめていた身体から、徐々に力が抜けていく。

「シルウィオ……私は絶対に生きて、また元気になってみせるよ」

彼女は弱弱しくも俺の頬に触れ、そっと……唇を重ねた。

そのままいたずらっぽく笑って、瞳をゆっくり閉じていく。

「信じて待っているから……だから次に私が起きたら……貴方からしてほしいの。私は……それを楽しみにしているから」

「あぁ、約束だ。カティ」

「うん、約束。私はもう諦めないよ。シルウィオ……大好き」

「俺も、愛してる。ずっと……」

「また……ね……ウィ……オ」

彼女は最後まで笑いながら瞳を閉じる。

力なく倒れる彼女を……俺がこの手で救うと決めた。

彼女が諦めないと言ったのなら、俺が諦めることなど許されない。

だけど……

「カティ、すまない……約束は……守れない」

俺は君に救われた。だから絶対に救ってみせる。

たとえ……俺の命を引き換えにしても……

◇◇◇

彼女が再び眠った後、俺はグラナート王国へ馬を飛ばした。

書簡を送り、グラナート王宮へある人物を呼んだからだ。

呼び出した人物は、アイゼン帝国に並ぶ大国・カルセインの第一王子——シュルク。

誰にも告げずにグラナートの玉座の間へ入ると、シュルクは既に来ていた。

「シルウィオ陛下……先に人払いは済ませておきましたよ」

「送った書簡は……見たか」

「はい、カーティア皇后が危篤状態だと。我がカルセインからも医者の派遣を——」

「医者では無理だ。だが……カルセインにはあるはずだ、今のカティを救える、唯一の方法が」

シュルクは視線を逸らして首を傾げる。

「なんのことでしょうか？」

「隠すな……カルセインには死を遠ざける魔法が――王家の秘術があると聞いている」

ジェラルドが以前、カルセイン王家には死さえ覆す魔法があると言っていたのだ。

ジェラルドの情報網は広く、恐らく他国でも彼に並ぶ者はいない。まるっきりの誤情報ということはないだろう。

望みを託すように問いかけた賭けは……当たっていたようだった。

「知っているのですね」

「……あぁ」

「ならば、わかって言っておられますよね？　あの魔法には、代償として別の者の命が必要になることを……それも、救う対象を想う者しか、その代償になれないということを」

「知っている」

とっくに覚悟している。カティが生きのびる可能性があれば、俺は死んでもいい。

「成功確率は限りなく低く、失敗すれば両者共に死ぬだけなのです。それでもいいと？」

「俺は……万が一でも彼女を救えるなら、この身を捧げよう」

カティは俺をつまらぬ日々から救ってくれた。この命で救えるのなら後悔などない。

「帝国の皇帝を失うのは、世界の損失です。僕は頷けませんよ」

「頼む……」

シュルクはしばらく沈黙した後、再び口を開いた。

「ならばせめて、カーティア皇后の死が早まった原因を聞いてもらえませんか？」

大人しく頷くと、彼は言葉を続けた。

「まず、この世界が二度目の世界であること……そして、カーティア皇后が『前回』の記憶を持っていることは知っていますか？」

「どうして、お前がそれを知っている」

俺が顔をしかめると、シュルクは微笑む。やはり食えない奴だ。

「カーティア皇后から聞いていたのですね。そもそも、時間を戻したのは僕です。このことをカルセインで知っているのは父と僕、数人の学者のみです。今は事情を割愛しましょう」

信じられない……とは言わない。カティが言った通り、今とは違う『前回』があったのだろう。

「カーティア皇后の死が迫ったのは、彼女自身が未来を大きく変えたことが原因だとカルセインの学者は推測しています」

「……」

「未来を変えるというのは、それを起こした本人を中心に運命が動いていくということです。事実……彼女は『前回』では関わりのなかった帝国の皇后となり、ヒルダの思惑によって毒を受け、内乱さえ止めた」

「それが……カティが変えた運命か」

「はい。良い変化も、悪い変化も……身体の負担となることに変わりない。彼女から始まった事象の変化、そのうねりの中心にいたことで寿命を減らしたのでしょう」

「……」

「あくまで僕らの推測です。でも……この仮説が真実であれば、カーティア皇后は……」

「……なにが言いたい？」

「たとえ万が一にも生きのびたとしても、運命の渦の中心にいる限り、これからも命の危機や騒動に巻き込まれるかもしれない。その時……貴方がいない世界で、一人で立ち向かわねばならない」

シュルクの一言は、俺が死んで一人残ってしまうカティを心配してのものだろう。

だが……彼はカティをわかっていない。

「カティは……たとえ俺がいなくとも、一人で突き進める力がある」

「シルウィオ陛下……」

「彼女は強く、その明るさは未来を切り拓いていく。たとえ傍にいられなくとも……不安はない」

叶うならば、ずっと彼女の傍にいたかった。だが、その気持ちを押し殺して答える。

「カティを救うため、手を貸してくれ」

「……僕としても、『前回』の悲惨な運命を変えてくれた二人には報いたい。ですが……冷たい言い方をすれば、一人は確実に助かる道を選びたいのです。両者を共に失えば、この世界の損失は大きすぎる」

「頼む」

「考え直してください！　カーティア皇后だって、貴方が死ぬのを望んではいません！」

「俺は……カティが死ぬ運命など、到底受け入れられない」

「……」

俺の意志は変わらない。カティを救えるのなら、この命は惜しくない。

カティのおかげで、白黒の世界が色鮮やかに見えた。それだけで、俺は充分だ。

充分な程……カティに幸せをもらえた。

「頼む」

――シュルクにそう告げた時だった。

「待ってくれ！」

聞き覚えのある声と共に、玉座の間の大扉が開いた。

「貴方から書簡が届いた時に……彼を呼んでおいたのです」

シュルクの呟きに、視線を大扉へと向ける。

訪れた人物を見た俺は、信じられなかった。

……なぜ、お前がここに来ている。

悲願の花・終　アドルフside

王の座を退き、子爵としてひっそりと暮らしていた俺に一通の書簡が届いた。

差出人がカルセイン王国の第一王子であることにも驚いたが、なにより、内容を見て驚愕した。

幸せに暮らしていると思っていたカーティアが危篤状態だというのだ。

帝国は各国から医者を集めているが、一向によくなっていないという。

その件について、アイゼン帝国の皇帝がグラナート王宮にてシュルク殿下と会合を開くというのだ。

俺は……カーティアが未来を変えたからこそ、命を救われた。

彼女への感謝の念が、いつしか身体を動かして馬を走らせていた。

元グラナート王国の愚王。その汚名が付いた俺が相手をしてもらえるか、それはわからない。

だが……シュルク殿下が俺に書簡を送ったのには、なにか理由があるはずだ。

一縷《いちる》の希望を抱き、シルウィオ皇帝とシュルク殿下のいるグラナート王宮を訪れた。

シュルク殿下が話を通しておいてくれたのか、俺は玉座の間に理由も聞かれずに通された。

懐かしい扉を開けようとした時、中の会話が聞こえた。

カルセイン王国の秘術。成功確率は万分の一。そして、その代償に命を落とすこと。

時を巻き戻したのはシュルク殿下で、未来を変えたカーティアは死の運命を迎える。

そして……皇帝シルウィオが、命を投げ出してでも彼女を救おうとしていることを知った。

「考え直してください！　カーティア皇后だって、貴方が死ぬのを望んではいません！」

「俺は……カティが死ぬ運命など、到底受け入れられない」

皇帝の覚悟の込もった声を聞いて、身体が勝手に動いていた。

「待ってくれ！」

「お前は……」

大扉を開いた俺に、皇帝が鋭い視線を向けた。恐怖で身体がすくむが、それを堪えて言葉を絞り出す。

「シルウィオ陛下……貴方は死んではならない」

「……話を聞いていたのか。俺はカティを救えるなら命など惜しくは――」

「俺が……代わりになる」

答えた瞬間、凍てつくような威圧感が肌を刺す。

呼吸さえも困難な程、皇帝の視線が尖り……怒りに燃えているのがわかる。

「お前にカティを任せろと？」

怖い、怖い。皇帝の怒りは当然だ。今までの俺に信頼できる点など皆無なのだから。

だけど……

「カーティアは、俺に一度は人生を奪われて……今、やっと自分の人生を歩み出した」

「……」

「幸せそうだった。俺には見せない笑みを浮かべて、貴方だけを……見ていたんだ」

俺は無力だ。そんなことは俺が一番わかっている。

彼女を幸せにできないことも、もう振り向いてもらえないことも……よくわかっている。

だからこそ……

「シルウィオ陛下……貴方が死んでは駄目だ」

『前回』の死の間際、自分で言った言葉が頭の中で反芻《はんすう》される。

『今度は……君の救いになりたい』

悩む必要などあるはずない。カーティアのおかげで前に進めた命だ。

「彼女が隣にいてほしいのは……シルウィオ陛下だけだ。貴方しか彼女を幸せにできない！　それを……きっと、誰よりも俺は知っている！」

「……」

「信じてほしいと言えない立場であることは、俺が一番わかってる！　だけど……」

君のために……一縷《いちる》の希望になれるのなら、この命は少しも惜しくはない。

彼女に救われた命を、彼女のために使うことに後悔などない。

「今度こそ……彼女を幸せにしたい。そこに……俺がいなくとも!!」

「……わかっているのか」

視線を上げると、皇帝は真っ直ぐに俺を見つめていた。

「死ぬのだぞ」

「わかっている。でも、一度は失った命だから」

「後悔しても、取り戻すことはできん」

「後悔なんてするはずない。彼女が救ってくれたこの命、彼女を幸せにできるなら惜しくない」

「……」

「言っておくが、同情や憐れみなどいらない。これは……俺が考え、決めた選択だ」

もう……操られてなどいない。彼女のために自分で決めて、考え抜いた末の選択だ。

強い意思をもって言い切った俺に、皇帝は目礼した。

「……アドルフ・グラナート。アイゼン帝国皇后カーティアの命、貴殿に任せる」

「ああ。我が王家の名に懸け、カーティアを救ってみせる」

皇帝がシュルク殿下へ視線を向け、彼も了承するように頷いた。

やることは決まった。後は……一つだけ、皇帝に頼みを託そう。

「シルウィオ陛下……カーティアが目を覚ましても、俺のことは伏せてほしい」

「……なぜだ」

「もう……彼女の人生に俺は必要ない。なにも気にせず、生きてほしいんだ」

そう告げると、皇帝は頷き、踵を返した。

「感謝する。アドルフ、後は頼んだ」

「……っ!! お任せを!!」

名を呼ばれ、礼を告げられた。それは……同じ男として、彼女を任せると認められた証だ。

俺にはなにもないと思っていた。相手にもされていないと思っていたからこそ、その信頼を嬉しく思う。

俺に託し、玉座の間を去っていく皇帝の背を見送り、シュルク殿下の方を向いた。

「シュルク殿下……勝手なことを言って、申し訳ない」

彼は微笑み、首を横に振った。

「いえ……謝るのは僕の方だ。この世界が同じ悲劇に進まないよう、皇帝が死ぬ選択だけは避けたかった。だからこうなることを願い……君に書簡を送ったんだ。君に託すこと、申し訳ない」

書簡が送られてきた理由が明かされたが、今はそんなことはどうでもよかった。

「謝る必要はない。これは……他の誰でもない、俺の選択だ」

「では今一度、問います。秘術は成功しても失敗しても貴方は死ぬ。その覚悟がありますか」

「……俺は」

恐怖も未練もない。『前回』の人生からの悲願を果たせるのだから。

「やる」

「わかりました。……貴方の覚悟に、敬意と感謝を」

シュルク殿下の言葉と共に、準備が始まった。

◇◇◇

地面に刻まれた魔術印の中心で静かに目を閉じる。

シュルク殿下の声が聞こえた。

「それでは、始めます」

「頼む」

「先程も話しましたが、カーティア皇后が生きることを諦めていれば……その時はもう……」

「大丈夫だ」

あのカーティアが諦めるはずがない。

それだけは、俺には不思議とよくわかった。

「やってくれ」

「わかりました。貴方の覚悟を……僕は忘れません」

「……ありがとう」

意識が薄れていく。身体から力が抜け、ゆっくりと落ちていくような感覚を覚える。

これが死なのだろう。恐怖はない。

しかし……不思議と記憶をなぞるように、過去を思い出していた。

『なにを見ているんだ、カーティア』

まだ幼い頃、中庭でうずくまっているカーティアへ俺は声をかけた。

彼女は振り返り、ニコリと笑う。

『お花を見てたの。可愛いお花』

幼い頃から俺の婚約者だった彼女だが、今までで一番の笑みを浮かべたので驚いてしまった。

望めば、部屋一面の花さえ用意できるのに……

彼女は庭に咲く一輪のタンポポを指さして、満足そうに笑うのだ。

『そんなものを見て、なにが楽しい？』

『私はね、タンポポが好きなんだよ。アドルフ』

『タンポポが？』

『タンポポが咲いてね、そして綿毛になって広がっていくの……そうやって幸せを広げていくんだよ。見ているだけで笑顔になれるような明るいお花を咲かせてくれるの！』

『カーティア……』

眩しい程に明るく笑う君を見て……俺は心惹かれたのだった。

幸せにしたいと誓ったはずなのに、どうして過ちを犯してしまったのだろう。

どうして……気を緩めてしまったのか。

たった一度の、一生の後悔。

それでも、この選択だけはきっと……きっと後悔しないだろう。

この命……『君を救う』ためなら……惜しくなどない。

「さよなら、カーティア」

君の幸せのため、前世からの悲願を叶えてみせよう。

エピローグ　ありがとう

暗い場所に沈んでいく。

流れに身を任せて下に落ちていくのは楽だ。苦しくもなんともない。

このまま落ちていってしまいたい。だけど……

『カティ……』
声が聞こえて、自然と目が開く。
眠気や激しい痛みが襲うけど、全て無視して……あがくように身体を動かす。
思い出した。私は絶対に死にはしないと約束したのだ。絶対に諦めない。
シルウィオ……待っていて。
痛くても苦しくても、上を目指して手を動かす。
『お願いだ。俺は……もう……カティのいない人生など……』
私だって貴方と同じだ。シルウィオの傍にずっといたい。
シルウィオと会えたから……もっと、もっとずっと一緒に生きたいと思えた。
貴方を絶対に一人にはしない。
また、好きだとシルウィオに伝えたい。
諦めるな……ああ、でも、力が……
私が必死に手を伸ばしても……その身体は落ちていく。
どれだけ抵抗しても……下へ、下へ……
やだ……嫌だ、シルウィオ……
身体は下へ落ちていくけど、私にはもう……上る力は残ってはいなかった。
……
「――!!」

必死に伸ばしていた手を、誰かが握った気がした。その瞬間、身体が引き上げられて……

顔の見えない人が、私の代わりに落ちていく。

それが誰かもわからないまま、暗く、底なしの下へ。

「だれ……？」

「……」

問いかけても、答えは返ってこない。

その人はなにも言わず、ただ一人……暗闇の中へ落ちていく。

底からは、きっともう二度と帰ってこられない。

怖くて仕方ないはずなのに、その人は……私に微笑みを見せながら落ちていった。

「幸せに」と、言い残して。

◇◇◇

「……」

不思議だった。

あれだけ辛かった呼吸は楽になり、頭痛も消えている。力が入らなかった身体には活力を感じる。

「カティ……？」

名前を呼ばれて視線を向けると、シルウィオが私を見つめていた。

手を握って、瞳を潤ませながら。

「シルウィオ……」

「カティ！　大丈夫か!?」

「う、うん。元気……になったみたい？」

上半身を起こして自分の体調を確認したが、驚く程に元気だ。

死を覚悟した程の不調が、どうして消えたのかわからない。

疑問は多いけど、それよりも今の私の胸には喜びが灯っていた。

「シルウィオ……おはよう」

「……もう痛くはないか」

「うん」

「もう、辛くはないか」

「うん……」

「……大丈夫か」

「大丈夫……だよ」

シルウィオが一つ一つ確認してくれる度に、声が潤んでしまう。

沢山の心配をかけた申し訳なさ、またシルウィオに会えた嬉しさ。

感情が混ざって、涙が抑えられなくて……とめどなく雫を落としてしまう。

「もう……怖くないよ。私……また帰ってこられたから」

「カティ」

「ただいま。シルウィオ」

抱きしめられて、人の温もりの安心感を思い出す。

生きているという実感が、溢れる涙と共に湧いてくる。

「ごめんね、心配かけて。シルウィオ」

「もういい」

「……これからも一緒にいてくれる？」

「当たり前だ……俺が、ずっと隣にいる」

彼が私の頬に触れて、流れる涙を優しく拭ってくれた。

そのまま、ゆっくりと顔が近づいてくる。

恥ずかしくて視線を逸らすけど、彼はそれを許してくれない。

「カティ……」

優しい声と共に、約束通り、シルウィオは唇を重ねてくれた。

幸せが胸を満たしていく。

誰にも愛されなくていい。一人で楽しく生きて死んでいければ、それでいいと思っていたのに。

今は、シルウィオとずっと一緒にいたい。愛し、愛されることを私はなによりも望んでいた。

「カティ……愛している」

「私も愛しています……ありがとう、シルウィオ」

再び唇を重ねて、愛を伝え合う。

またこうして彼に会えたことがなによりも嬉しくて……涙が止まらなかった。


その後、シルウィオが皆を呼んでくれた。

ジェラルド様やグレインが、一目散に部屋に飛びこんでくる。

「カーティア様!!　よくぞ、ご無事で……」

「……良かったです……本当に……」

瞳を潤ませ、私の目覚めを心から喜んでくれる彼らには感謝しかない。

同時に、想像以上に心配をかけてしまったようで申し訳なかった。

それでも『前回』と違い、心配をしてくれる人や私を想ってくれるシルウィオが傍にいることが嬉しい。

これ以上の幸せはきっとない。これを手放してもいいと思っていた私は……大馬鹿だった。

この幸せは、なにがなんでも手放してはならない。

私が手に入れた、大切な居場所だ。

唯一の気掛かりがあるとするなら……

『幸せに』

あの言葉をくれた人物が誰だったのか、私にはわからなかった。

◇◇◇

「コケ‼」

「コッコちゃん、おはよう」

私が起きてから、十日が経った。

不調が嘘のように元気になった私は、今日もコッコちゃんの様子を見るために庭園に足を運ぶ。

今は医務室で安静にしており、畑作業などはしばらく禁止されているので、コッコちゃんに餌をあげるぐらいしかできない。

「コケケ……コケ」

私が寝込んでいる間、寂しい思いをさせたと思っていたけど、コッコちゃんは相変わらず私の方を見もしない。

はくじょーものめ。

でも、コッコちゃんの鳴き声がなければ起きられなかったのではないかと思うと、この子もシルウィオのように不器用ながらに私を想ってくれているのかもしれない。

「それにしても……誰だったんだろうね。コッコちゃん」

「コケ？」

夢でみた顔もわからない人のことを考える。

『幸せに』と言い残して、私の代わりに誰かが闇の中に落ちていった。

ただの夢だと思っていたけれど、それにしては鮮明に覚えている。

とはいえ、わからないことをいつまでも悩むのは私らしくもない。

今はいつも通り、人生を楽しむのが一番だろう。

「じゃあ、シルウィオのところに行ってくるね。コッコちゃん」

「ココ！」

コッコちゃんに手を振って、私はシルウィオの待つ場所へ向かう。

初めて会った時と同じ、薔薇園の近くのテーブルと椅子へ。

「カティ、こっちへ」

「うん。ありがとう」

まだ心配してくれているのか、彼は私の身体を支えて席に座らせてくれた。

そして隣に座り、相変わらずの無表情のまま、嬉しそうに私の頬を撫でるのだ。

肩を寄せて、前よりもぐっと近くなった距離で二人の時間を過ごす。

グレインが紅茶を手配し、二人でゆっくりしていると、ジェラルド様が近くを通りかかって挨拶をしてくれる。

そんないつもの日常を嬉しく思いつつ、私は小屋から持ってきた本をシルウィオに渡す。

「これが、今日のおすすめ本です」

「あぁ」

本を共に読む日々が戻ってきたことが、なによりも嬉しい。

「カティ……」

「どうしたの？」

「手を、握りたい」

「……ふふ、いいよ。シルウィオ」

気持ちを伝え合ったというのに、彼はいまだに気恥ずかしそうに許可を取る。

「読みにくくなるけど、いいの？」

「いい、こうしていたい」

「……うん」

手を握ると、彼が頬を緩めた。その表情が微笑ましくて……可愛らしい。

指を絡めれば、応えるように指を愛しそうに撫でてくれた。

微笑みつつ、本を読む彼を見つめていると……

「……っ」

ふと、足元にタンポポが咲いているのが見えた。黄色い花と、綿毛になったものが一つずつ。

もう、そんな季節になったのか。

「気になるのか？」

「え？　は、はい」

シルウィオがタンポポをジッと見つめる私に不思議そうに尋ねた。

「可愛くて、幼い頃から好きなんです」

なぜかとても覚えのある言葉が……自然と口からこぼれ出る。

「タンポポが咲いて、綿毛になって、幸せが広がっていくの。そうやって、見ているだけで笑顔になれる鮮やかな花を広く、広く咲かせてくれて……」

昔……同じような言葉を誰かに言った気がする。

忘れていたはずの記憶が蘇る。幼かったあの時、彼はこう返してくれたのだ。

『カーティア……俺は君を幸せにするよ……なにがあっても』

「っ……」

……そうか……あの顔の見えなかった人は。

わからないけど、多分。いや……きっと。

「どうした、カティ」

「いえ……なんでもありません」

シルウィオの問いに笑みを返しつつ、綿毛を摘む。

そして……ふっと息を吹きかけて、空へ飛ばした。

新しい幸せが広がっていくことを……命を繋げていくことを願って。

「シルウィオ……私ね、幸せだよ……」

「俺もだ」

手を握り合いながら、私とシルウィオは……ずっと幸せなまま、同じ時を過ごしていく。

ありがとう……

貴方が救ってくれたこの命を……大切にしていくよ。
広がり、ふわふわと飛んでいく綿毛に私は感謝の気持ちを込めた。
死んだ王妃は、これからも……二度目の人生を楽しみます。
私はもう、一人じゃない。

この作品に対する皆様のご意見・ご感想をお待ちしております。

おハガキ・お手紙は以下の宛先にお送りください。

【宛先】

〒150-6008 東京都渋谷区恵比寿4-20-3 恵比寿ガーデンプレイスタワー 8F
（株）アルファポリス　書籍感想係

メールフォームでのご意見・ご感想は右のＱＲコードから、
あるいは以下のワードで検索をかけてください。

アルファポリス　書籍の感想　検索

ご感想はこちらから

本書は、「アルファポリス」（https://www.alphapolis.co.jp/）に掲載されていたものを、
改稿、加筆のうえ、書籍化したものです。

死《し》んだ王妃《おうひ》は二度目《にどめ》の人生《じんせい》を楽《たの》しみます
～お飾《かざ》りの王妃《おうひ》は必要《ひつよう》ないのでしょう？～

なか

2023年 11月 5日初版発行

編集－徳井文香・森 順子
編集長－倉持真理
発行者－梶本雄介
発行所－株式会社アルファポリス
〒150-6008 東京都渋谷区恵比寿4-20-3 恵比寿ガーデンプレイスタワー8F
TEL 03-6277-1601（営業） 03-6277-1602（編集）
URL https://www.alphapolis.co.jp/
発売元－株式会社星雲社（共同出版社・流通責任出版社）
〒112-0005 東京都文京区水道1-3-30
TEL 03-3868-3275
装丁・本文イラスト－黒野ユウ
装丁デザイン－AFTERGLOW
（レーベルフォーマットデザイン－ansyyqdesign）
印刷－中央精版印刷株式会社

価格はカバーに表示されてあります。

落丁乱丁の場合はアルファポリスまでご連絡ください。

送料は小社負担でお取り替えします。


ISBN978-4-434-32841-1 C0093